探偵は友人ではない

川澄浩平

JN089839

わたし、海砂真史《うみすなまふみ》の幼馴染み・鳥飼歩《とりかいあゆむ》はなぜか中学校に通っておらず、頭は切れるが自由気儘な性格で、素直じゃない。でも、奇妙な謎に遭遇して困ったわたしがお菓子を持って訪ねていくと、話を聞くだけで解決してくれた。彼は変人だけど、頼りになる名探偵なのだ。歩の許に次々と新たな謎——洋菓子店の暗号クイズや美術室での奇妙な出来事——を持ち込む日々のなかで、ふと思う。依頼人と探偵として繋がっているわたしたちは、友人とは言えない。ただ、わたしは謎がなくても、友人らしい理由で歩に会いたいと思っているのに。シリーズ第2弾！

探偵は友人ではない

川　澄　浩　平

創元推理文庫

THE DETECTIVE IS NOT MY FRIEND

by

Kouhei Kawasumi

2020

目次

探偵は友人ではない

第一話　ロール・プレイ

——僕は先生と友人を同時に失った。

基本的にモノを置かない主義で、僕の部屋は常に片付いている。着道楽ではないので服はそれほど持っていない。衣服の収納はハンガーラック一つ、衣装ケース二つで足りる。そのためウォークインクローゼットは、興味深かったものの再読の可能性が低い書籍、一通り目を通した後の中学校の教科書類、すっかりやらなくなったテレビゲームのハードとソフト、碁盤と碁石などをしまいこむ場となっている。

敢《あ》えて学校には行かず自己研鑽《じこけんさん》に励む僕が、世間のスケジュールに合わせて十二月に大掃除することはない。だが、今日は生憎《あいにく》の吹雪《ふぶき》で円山《まるやま》動物園に行く気が失せた。仕方がないので、日頃は足を踏み入れない領域を整理し、気が晴れたところで冷蔵庫にある苺《いちご》のクラフティを食べることにする。

クローゼットに入って戯《たわむ》れに定石の解説本をパラパラめくっていると、四年前に観た芝居のチラシが出てきた。

たしか、捨てたと思っていたが。

なぜ碁の本に挟んだのか思い出せない。だが、この芝居を一緒に観に行った人物と、舞台に立って演じていた人物のことは覚えている。小学四年生のときに通っていた塾で一緒だった鹿取一樹《かとりかずき》と、講師の水野梨花《みずのりか》。塾内で僕と会話が成立する人間は、この二人しかいなかった。記載されている連絡先の電話番号は水野梨花のもので、目にした瞬間、当時思いついた『くやしいゴトウさん』という語呂合わせが頭に浮かんだ。

舞台上は実にシンプルだった。小さな丸いテーブル、その上に置かれたヒビの入ったスマホ、丸椅子、それにスタンドライト。背後には暗幕が張られていた。

この芝居は、水野梨花の一人舞台だった。僕は、この物語の結末を知らない。

芝居の途中で、彼女は舞台を降りた。

鹿取とはあの日以降、言葉を交わしていない。

*

外は吹雪で教室の窓には雪が張りつき、内側は外との気温差で結露《けつろ》している。わたしはこの季節特有の、換気が不十分な教室の空気が苦手だ。こんな狭い空間に三十人もいれば、淀《よど》むに決まっている。カンカンと音を立てるオイルヒーターから発せられる熱は、室内に均等に行き渡っていない。寒いと主張する人もいれば、暑いと主張する人もいる。快適とはほど遠い環境で集中力を保てず、さっきやっていた数学の授業では脱落者多数だった。

でも、今教壇に立っている英語教師は、クラスの視線を一身に集めている。

「The Ishikari River is very long.〈石狩川《いしかりがわ》はとても長いです。〉

Yes, it is. But the Shinano River is longer than Ishikari River.〈はい、そうです。でも、信濃川《しなのがわ》は石狩川より長いです。〉」

美しき声、美しき発音。

水野梨花先生は良い先生だ。板書も綺麗でわかりやすい。

前髪なしでシンプルにまとめた髪が、フェイスラインの美しさを際立たせている。なんだかもう生まれ持ったものが違い過ぎて、劣等感を抱くのも馬鹿らしい。こんな人がメジャーなファッション誌のモデルではなく、札幌《さっぽろ》の発寒《はっさむ》にある公立中学の教師だなんて奇跡か、なにかの間違いだと思う。

憧れずにはいられない。

「Really?〈本当ですか?〉

Yes. The Shinano River is the longest river in Japan.〈はい。信濃川は日本で最も長い川です。〉」

細長い指をチョークに絡ませ、小気味よく板書している。

「三つ以上のモノや人を比べて『最も○○《なになに》』と言うときは、the の次に形容詞、もしくは副詞の最上級をつけて表現します」

水野先生はこちらを振り向いた。視線を一瞬教卓に落とした後、黒目がちの瞳をわたしたちに向けて、

「仲間や同類の中で比べるときは、前置詞の of の後ろに複数形の名詞をつけます」

先生は再び板書を始める。

「She is the tallest of my friends.〈彼女は私の友達の中で最も背が高いです。〉」

急に、わたしのことを言われた気がした。女子でわたしより背の高い友達はいない。

「範囲や場所の中で比べるときは、in を使います。続く名詞は単数形です。

She is the tallest in my school.〈彼女は私の学校の中で最も背が高いです。〉」

さすがにそれはない。いい加減な例文だ。

She を He に変えノートをとっていると、誰かのスマホの着信音が鳴り響いた。気まずい空気が流れる。マナーモードのバイブですらアウトなのに……。というか、そもそも持ち込んではいけないというのが、一応の建前だ。

先生は板書をやめ、わたしたちを見回して、

「今電源を切れば、没収はしません」

着信音は止まらない。たぶん、わたしよりも後ろの席で鳴っている。

「電源を切れば今回は見逃しますよ。黙ってやり過ごすのであれば、次に同じことがあった際は全員の持ち物を検査します」

鳴りやんだ。切ったのか切れたのか、わたしにはわからない。

気まずい空気を残したまま、授業終了のチャイムが鳴った。

「次の授業で小テストを実施しますので、各自復習しておいてくださいね」

水野先生は微笑《ほほえ》みながらそう言って、教科書やノートを持ち教壇を降りる。その姿もどこか凛々《りり》しく、先生は教室内の淀んだ空気を一掃しつつ教室を去った。

わたしが水野先生と初めて言葉を交わしたのは、三日前の職員室でのこと。そのときはクラスメイトでわたしと同じくバスケ部員の栗山英奈《くりやまえな》と一緒だった。エナは一番、大切な友人だ。

わたしたちは教室で集めた数学のワークブックを胸に抱えていた。職員室の引き戸に手をかけ開けた瞬間、わたしはワークブックを床に落としてしまい、ちょうどそのとき目の前にいたのが水野先生。先生はすぐに屈《かが》んで散乱したワークブックを手際よく拾い集め、わたしに手渡してくれた。

お礼を言うと先生は、「たしか、バスケ部ですよね？」とわたしのことをじっと見る。

わたしは頷《うなず》いて、その後少しだけ三人で立ち話をした。

「先生は、学生の頃なにをしていたんですか？」

エナが訊《き》くと水野先生は少し間をあけて、

「演劇をやっていました。中学から大学まで、ずっと」

わたしとエナは顔を見合わせた。舞台に上がる水野先生は、英語の授業をする姿以上に魅力的に違いない。

わたしは雑談を引き延ばすつもりで、

「じゃあもしかしたら、教師じゃなく女優になっていたかもしれないんですね」

と言ったけど、そのとたんずっと朗らかだった水野先生の表情が曇《くも》った……ような気がした。ほんの一瞬だったから、ただの勘違いかもしれない。

「それは、ないですね。私は向いてなかった――いえ、それならまだよかったのですが」

水野先生がなにを言いたいのか、よくわからない。

向いてない方がいい？

「あ、肩のところに糸くずがついてますよ、ウミノさん」

先生はわたしの右肩に手を伸ばし、糸くずをつまんで取ってくれた。それを見て、大げさかもしれないけどわたしは思わず感嘆の声を上げる。糸の色はブレザーの色に近い紺色で、普段から細かい目配りができる人じゃないと発見するのは難しいはずだ。先生は「たまたま目に入っただけですよ」と爽やかに笑いながら、職員室を出ていった。

数学のワークブックを担当教師に提出してわたしたちも廊下に出るとすぐに、エナが口を開いた。

「水野先生、ウミの名前間違えてたね」

そう、わたしの苗字は『ウミノ』ではなく『ウミスナ』だ。

だけど、あまり気にはならなかった。水野先生がわたしのクラスで授業するようになってまだ一ヶ月も経っていないから、生徒の名前を覚えきれなくても無理はない。

本来の担当教師である前田《まえだ》先生が病気で入院しているため、水野先生は代理なのだ。

前田先生は、冬休み明けには復帰する見込みだという。


二十四秒以内にシュートを打たなければならない。バスケットボールの基本的なルールの一つだ。

試合時間残り二十八秒で相手チームのシュートが決まり、一点ビハインド。この状況で、自チームのオフェンスになる。すぐにシュートを打って得点できたとしても、相手チームの攻撃時間が多く残っていると、再逆転されて負ける可能性が高くなる。

ショットクロック残り数秒で、わたしはこの試合最後の点を決めるために動く。スリーポイントラインの内側、ゴールから左四十五度の位置にいるわたしはコーナーに行くと見せかけマークをかわし、後方の味方からパスを受ける。わたしはパスをくれた選手に向かってドリブルし彼女の横をすり抜け、追いかけてくるマークマンは彼女がブロックする。

何度も練習した、ピック&ロール。

ゴール正面でフリーになり、膝《ひざ》の屈伸を使って真上に跳ぶ。肘《ひじ》を上げ、両手首を返しながらボールをリリース。

「どうかな」

わたしは呟《つぶや》いた。感覚はあまり良くない。

ボールはリングに当たったけど、運良くネットを通過した。

よし、逆転！

チーム最後のボールを託され、シュートを決める。部内の紅白戦で、ラッキーもあったとはいえ誇らしい。

「ナイッシュー！」

「あー……」

喜びと諦《あきら》めの声がコート内に響く。

試合時間は残り五秒。相手チームが無理矢理打ったシュートはリングにかすりもせず、わたしのチームの勝利が決まった。

味方とハイタッチして喜びを分かちあった後、深呼吸して軽く屈伸する。

「ウミ、大丈夫？」

背筋を伸ばし後ろを振り返ると、エナがわたしのことを見上げていた。光を優しく反射する綺麗なショートボブの黒髪は、運動するときだけ後ろに小さく縛られている。あどけない顔つきで、見た目は一日中部屋に籠《こ》もって本を読みつつお洒落《しゃれ》な名前のお茶でも飲んでいそうな雰囲気だけど、バスケのプレイは激しい。

さっきの試合でも、わたしはエナにオフェンスを一つ止められている。彼女は女子バスケ部の中で一番背が小さい。プレイの流れでわたしのマークがエナになったとき、身長のミスマッチを活かして強引にシュートを打つべきだったのだ。なのにわたしはフェイクを入れて中に切り込もうとして、それをあっさりエナに見抜かれてしまった。その結果簡単にボールを奪われて、ターンオーバー。

プレーヤーとしては明らかに、判断ミスだった。

「どこか痛いの？」

「そういうわけじゃないんだけど……」

わたしは、自分のバスケットシューズを見つめる。

「なんか、サイズが合わなくなってるような気がする」

エナはちょっと呆《あき》れたような笑みを浮かべて、

「まだ大きくなるのか。背も伸びたよね。春の健康診断のときは一六九センチだったんだろうけど、今は一七五センチはあるんじゃない？」

薄々そんな気はしてたけど、そうか。一七五……。

一瞬表情を曇らせてしまったのを、エナに見られてしまった。

「そんな顔するなら、わたしにも身長分けてよ。このサイズだと、色々なことが不便だし」

分けられるのなら分けてあげたいのだけど、当然そういうわけにもいかない。

「エナだって、大きくなってるよ」

彼女はわたしから顔を背けて、

「そうかもね、来年の健康診断で測ったら、一センチくらいは大きくなってるかも」

と、いかにもわざとらしくいじけて見せた。でもすぐに視線をわたしに戻し顔を綻《ほころ》ばせて、

「明後日《あさって》、バッシュを見に出かけようよ」

ちょっと待って予定を確認……なんて言うほど忙しいわけもなく、二つ返事でエナと一緒にスポーツ用品店へ行くことにした。

土曜の昼下がり、わたしたちは約束通り近所のスポーツ用品店へ向かった。郊外型の大きな店舗で、同じ敷地内には商業施設がいくつも集まっている。そこは家から自転車だとすぐに着くけど、歩くには少し遠いという微妙な位置にあり、雪が積もっている時期に行

くのはちょっと面倒くさい。日中は十二月にしては暖かく、プラスの四度まで気温が上がると天気予報で言っていた。

「寒いなりに暖かくてよかったね」

変な言い方になってしまった。ツッコミが入るかなと思ってエナを見たけど、彼女は
「うん、そうだね」と白い息を漏《も》らして言うだけだった。

「あそこ、たしか書店があったよね。なくなっちゃったけど」

エナに言われて思い出した。

「そうそう。今はドラッグストアだよね」

「スポーツ用品店は、ちゃんとやっていけてるのかな?」

エナの表情は真面目《まじめ》だ。

少子化とかネットの影響とか、そもそもかつては郊外型の店舗が個人商店を——なんてネットでつまみ食いした知識をかっこつけてエナに言ってみようと思っているうちに、目的の場所に到着した。目の前のドラッグストアの奥にある店舗が、スポーツ用品店だ。

「早く中に入ろう。寒いなりに暖かいけどやっぱり寒いから!」

さっきの表情が嘘だったみたいな笑顔でエナはそう言って、大きな駐車場に入っていく。

わたしも後に続いた。

「気をつけて、車が来る」

「大丈夫だよエナ、わたしにも見えてるから」

バッシュは、入口とは反対側の壁面の一角に展開されていた。

バスケはダッシュとストップを繰り返し行うスポーツで、わたしのポジションであるシューティングガードはゲームメイクを補佐し、細かいステップでマークを振り切りフリーでシュートを打てる状態にならなくてはいけない。良いプレイは、足下から生まれる。どんな状況でも、踏み込んだときに足がしっかり床をグリップすることが重要だ。バッシュを選ぶポイントは色々あるけど、軽くて、屈曲性があって、グリップ性能の高いシューズを履きたい。履いたときのフィット感も大事だ。デザインがかっこいいとなお良い。

「凄い、このバッシュ完璧！」

広々とした通路でダッシュとストップを繰り返した結果、今履いているバッシュが一番合っていると感じた。水色を基調とした、シンプルで洗練されたデザイン。これを履けば、打ったシュートは全部入る気がするくらい。

上機嫌で、試着に立ち会ってくれている店員さんに訊く。

「これ、いくらですか！」

「一万五千六百円です」

言葉に詰まる。

もうちょっと安いものを買うつもりでいた。今部活で履いているバッシュは、買ってから一年経っていない。たぶん、足のサイズはこれからも大きくなるだろう。

「まあ、もともと今日買うつもりではなかったんだし、ちょっと考えてみたら？」

エナの声で我に返り、店員さんにお礼を言って自分の靴に履き替えた。さっきの理想のバッシュに比べて、この冬靴の履き心地の悪さ……。

「いくつか履いてたけど、最後のじゃなきゃダメな感じ？」

「そうだね。あれを履いちゃうとね」

親に言えば、なんとかなるような気もする。成長というやむにやまれぬ事情で新しいバッシュが必要なのだから仕方がない。問題は、いかにクリスマスプレゼントの枠を使わずに購入費用を出してもらうかだ。

「とりあえず、靴紐は買おうかな」

バッシュの靴紐を左右違う色にするのが、わたしのささやかなこだわりだ。色つきのヘアゴムは先生にうるさく注意されるけど、バッシュの靴紐の色で注意されたことはない。

ラメ入りの紐をいくつか手に取って吟味《ぎんみ》していると、エナに背中を軽く叩かれた。

「ねえウミ、あの人」

エナの見ている方向に視線を向ける。数メートル先で、タウンシューズを試し履きしている男子には、見覚えがあった。今も昔も、スポーツ刈り。

わたしはエナと顔を見合わせて、

「鹿取さんだ」

ほぼ同時に声が出た。


鹿取一樹さんは去年までバスケ部で二学年上の先輩だった人で、今は高校一年生だ。わたしたちが入部したとき鹿取さんは最上級生だったけど、人当たりのいい人で話しやすかった。イヤな先輩だったらこっそり店を出るけど、鹿取さんには挨拶《あいさつ》した方がいい。でも、そこまで仲が良かったかと言えばそうでもないし向こうも迷惑じゃないかと考えていたら、エナが彼に歩み寄って声を掛けていた。エナはこういうとき、躊躇《ちゅうちょ》しない。バッシュを試着するときに店員さんを呼んだのもエナだった。

エナは鹿取さんに挨拶をして、わたしを手招きした。近づいて、わたしも挨拶する。

「お久しぶりです、鹿取さん」

「おう、久しぶりだな海砂《うみすな》」

近くで見てみると、顔が少し大人っぽくなっている気がする。もともと鼻が高くて目がくぼんでいる人だったけど、彫りがさらに深くなったようだ。鹿取さんはまじまじとわたしを見て、

「もう俺よりもでかいんじゃないか?」

「いや、そんなことはないですよ」

「ちょっと並んでみ――」

「イヤです」

エナがちょっと吹きだして、鹿取さんに訊ねる。

「鹿取さんは、身長どのくらいあるんですか？」

「今は、一七三センチくらいかな」

「じゃあやっぱり」

エナは体をこちらに向けてわたしのつま先を見つめ、そこから徐々に視線を上げわたしの顔を見上げた。

妙に真剣な表情で、思わず笑いそうになる。

「ウミは、一七五センチはあるね」

「やめて！」

鹿取さんはそんなわたしたちを見て、「相変わらず仲がいいんだな」と笑っている。

「鹿取さんは、高校でもバスケ部に入ったんですか？」

話題を変えて、先輩の近況を訊く。

「いや、今はしてないんだ。勉強に専念してる。休みの日に、遊びがてらフットサルをやることはあるよ」

「なんだか、お洒落ですね」

笑顔で「そうかぁ？」とおどけてみせる鹿取さんは、凄く勉強のできる人だ。鹿取さんの入った高校は、学区内で最も偏差値が高い。わたしにはまったく縁のないところだ。エナなら入れるかもしれないけど。

「歴代のバスケ部員で一番成績がよかったって、先生が言ってましたよ」

エナがそう言うと、鹿取さんは間をあけて、

「バスケ部員としてなら、バスケについて褒《ほ》められたかったな」

「いや、バスケのことも褒めてましたよ。凄く真面目に練習してたって」

「練習態度、か」

鹿取さんは表情を変えなかったけど、ちょっと気まずい雰囲気になってしまった。

「勉強だって、バスケ部内ではできた方なのかもしれないけど、学校で一番だったわけじゃない。今通ってる高校では、せいぜい中位だよ」

「鹿取さんの通う高校って、レベル高いんですね……」

思わずため息をついてしまった。なにかの間違いでわたしが入学してしまったら、三年間最下位だと思う。

「たしかに今通っている高校は頭のいい奴ばかりだけど、俺の中では、小学生の頃に塾で出会った奴が、今でも一番だな」

「今、その人はどうしてるんですか？」

遠い目をする鹿取さんに訊いてみる。同じ高校に通っているわけではないのか。

「さあね。友人だったのは、小学生の頃だけだったから」

それでは鹿取さんの中では未だに、小学生が一番ということになる。いくらなんでも、思い出の中でその人を大きくし過ぎではないだろうか。

「彼は俺より年下なんだ。ちょうど、海砂や栗山と同い年だよ」

「名前はなんていうんですか？　もしかしたら聞いたことくらいあるかも」

エナは顔が広いから、本当に知っているかもしれない。

「そうだな。頭が良くて変な奴だったから、それなりに有名になっているかもしれない」

変なのか。

「鳥飼歩《とりかいあゆむ》って名前なんだけど」

「あ、知ってます……」

わたしはそう言ってエナと顔を見合わせ、無言のやりとりを視線で行った。

同じ敷地内にあるスーパーの小さな休憩スペースには、わたしたちしかいない。

「歩は、幼馴染《おさななじ》みなんです。幼稚園の頃はよく彼の家で遊んでて、小学校に上がってから会う機会はなかったんですけど、最近また顔を合わせるようになりまして――」

鹿取さんにお願いされて、歩と自分の関係を簡単に説明する。ここ最近彼とはいろんなことがあったけど、この場で話せることはあまりない。その結果、主にわたしの家出話をすることになって、かなり恥ずかしい。

自由気儘《きまま》な彼には随分振り回されたけど、短い時間で説明するのが無理なくらい助けてもらったのも事実だ。

「今でも、甘いものが好きなんだな」

「はい、異常なくらいに」

鹿取さんは、懐かしそうに何度か頷いた。

「俺の親がパティシエでさ。鳥飼くんはうちの店によく来てた。うちの洋菓子のどこが好きなのか、塾で訊いてみたことがある」

わたしの隣に座っているエナは、鹿取さんが買ってくれたカルピスを一口飲んで、

「なんて言ったんですか、彼」

「訊いたときは返事もしないんだよ。こっちがその質問をすっかり忘れた頃に、いきなり語りだすんだ。なんというか……気分屋なんだろうな」

「それは、彼の好む洋菓子のように甘い評価ですね」

エナがそう言って、三人とも黙り込む。良くも悪くも、気分屋という言葉で片付けられる人じゃないのはたしかだ。

沈黙は、鹿取さんによって破られた。

「鳥飼くんは、今なにをしている？　甘いもの以外になにか趣味はあるのか？　部活は？　進路は？　友達は――そんなにいないだろうな」

テーブルを挟んでわたしの正面に座っている鹿取さんが、急にまくしたててきた。わたしだって、歩について詳しく知っているわけではない。

「わたしも、よくわからないんです。ただ、部活はやってないと思いますよ。学校に行ってないみたいですから。友達も、そんなにいないと思います」

たぶん学校に行っていたとしてもそんなに友達はできないだろうけど、それは言わないでおく。

「不登校なのか。まあ、それはそれで鳥飼くんらしいか。一応、小学生の頃は学校に行ってたみたいだったけどな。でも、学校で言葉を交わす奴は一人もいなかったらしい」

「当時は、鹿取さんだけが歩の友達だったんですね」

「友達……だったのかな？　たしかに俺以外の塾生と話しているのを見たことがない」

少し寒いのか、エナは一度外した真っ白なマフラーを巻きながら、

「年が違うのにどうやって鳥飼……くんと知り合ったんですか？　もしかして」

「塾では飛び級して、小六のクラスに入っていたんだよ。まあ鳥飼くんからしたら、そこの授業も大したことはなかっただろうけどね。鳥飼くんは俺の父親の仕事について熱心に

訊いてきた。たぶん、塾の勉強よりもそっちがメインだったと思う。なにが憎たらしいって、鳥飼くんは俺のことを『鹿取』と呼ぶんだ。一度も、先輩扱いされたことはない」

そう言う鹿取さんは、なんだか嬉しそうだ。

「塾講師のほとんどは大学生のバイトだったけど、偏屈なジイさんが一人いてね。横柄で、今思えば女子へのセクハラ発言もかなりあった。とにかく自分語りが多くて、一番聞かされたのは『俺は囲碁のプロを負かしたことがある』って話。本当かどうかは怪しいけどな。

鳥飼くんはそいつの授業をまるで聞いていなかった。それが先生の逆鱗《げきりん》に触れてな。注意というか因縁《いんねん》をつけられると、『あんたの授業は傾聴に値しない』と言い返し、さらに先生を怒らせた」

先生も先生なんだろうけど、そんな小学四年生はちょっとイヤだ。

「口論の流れで、後日鳥飼くんと先生はみんなの前で囲碁の対局をすることになった。俺は囲碁のルールなんてわからないけど、どっちが優勢なのかはすぐにわかったよ。先生の手はどんどん遅くなっていくのに、鳥飼くんは相手の手が打たれるのとほぼ同時に打つんだ。

その姿が、たまらなくかっこよくてね。大の大人を五分の条件で負かすなんて、本当に最高だった」

鹿取さんは正面にいるわたしたちを見るでもなく、歩の思い出話を語る。どこか遠い目で、歩のことを懐かしんでいるように見えた。

「囲碁で負かされた方は論外として、鳥飼くんに勉強を教えるのは真面目な先生でも大変だったでしょうね」

エナの口調に、会ったこともない塾の先生への同情が感じられる。

「基本的には、黙って座っているだけだから。ノートをとっている姿は一度も見たことがなかったけどね。あれは、イヤだったろうな」

絶対に、イヤだったと思う。

「まあそんな奴だったけど、一人だけ、鳥飼くんが一目置く先生がいた」

「歩が……凄いですね。なんだか信じられない」

「鳥飼くんにも、リスペクトの感情が存在したんですね」

「おいおい、二人して随分な言い方だな」

そう言って鹿取さんは笑ったけど、その表情はすぐに消えてしまった。

「その先生は今、中学の英語教師なんだ。俺の母校であり、君たちが今通っている学校で教えている。授業を受けたことあるか？　水野梨花先生って言うんだけど」

思わずわたしと顔を見合わせたエナが、「今日は驚かされてばかりだね」と言った。

水野先生の授業を受けている生徒はみんな、映画の主演女優を見るような目で彼女を見ているに違いない。それくらい、先生は場の空気を変えてしまう。

「鳥飼くんに、『水野先生の授業は、やけに真剣に受けてるじゃないか。やっぱり美人だからか？』と訊いたことがある。彼にもそういう一面があるのだとしたら、なんだか嬉しいじゃないか」

「歩は、なんて答えたんですか？」

「『発声が綺麗だから』だってさ。なんだよそれ。照れ隠しなのか本心なのか、俺には判断がつかなかった。水野先生みたいな人と話すのって、普通は緊張するだろ。でも、鳥飼くんは違った。彼だけが堂々と、水野先生と会話するんだ。羨《うらや》ましかったなあ。完全無欠かよって思った。俺より二つも年下なのに。

でも、水野先生には抜けているところもあった。先生は生徒たちの前で、自分のスマホを床に落とし、画面にヒビを入れてしまったことがある。授業前に必ずスマホの電源を切って見せ、生徒にも電源オフを徹底させていたから、そのときにな。そんなことがあってから授業の度《たび》に、左上が蜘蛛《くも》の巣のようになっているスマホを見せられていたから、今でも印象に残っている」

それもまた魅力と言わんばかりに、鹿取さんの顔が少し綻ぶ。もしかして水野先生は、膝の部分に穴の開いているジャージを穿《は》いたとしても、それを魅力に変えてしまうのではないか。

鹿取さんはスマホを確認して、「こんな時間か」と呟いた。

もう外は暗くなり始めているだろう。わたしとエナは飲み物のお礼を言って、帰り支度を始める。

わたしは鹿取さんとの別れ際、ふと思ったことを訊いてみた。

「どうして歩と会わなくなったんですか？」

鹿取さんは俯《うつむ》いて、すぐには言葉を発しない。

まずいことを訊いてしまっただろうか。

「あの、言いたくなければ別に——」

「ちょっと、ケンカになっちゃってね。鳥飼くんが塾をやめてから、一度も会ってない」

鹿取さんは俯いたままだ。これ以上、なにかを訊ける雰囲気ではない。

「紙コップ、捨てておきますね」

エナがテーブルを片付けていると、鹿取さんが低いトーンで、

「水野先生は、演劇をやっていた。四年前の秋頃に、先生の舞台を観に行ったことがある。そのとき会場には、鳥飼くんもいた。あの日、水野先生は舞台上で大きな失敗をしたんだ」

「水野先生でも、そういうことがあるんですね」

素直に驚いた。

「当たり前だろ、水野先生だって人間だよ。

でも、鳥飼くんはその日の水野先生がどうも気に入らなかったみたいだ。誰にだって失敗はあるのに、当時の鳥飼くんにはそれがわからなかったらしい。いくら彼が大人びていたとはいっても、小学生だったからね。

水野先生を非難する彼に対し、俺もムキになって口論してしまった。俺も小学生だったから、どうしようもなかった。

鳥飼くんと言葉を交わしたのは、それが最後だ。塾をやめてからは、学校が違うから会う機会もなかった」

「もし学校が同じだったら――」

うっかり口走ってしまった。わたしはさっきから、余計なことしか言っていない。

鹿取さんは少し困ったように、

「廊下で何度かすれ違うようなことでもあれば、声を掛けたかもしれないな」

スーパーを出てすぐ、鹿取さんと別れた。外はすっかり暗くなって、気温は間違いなく氷点下だ。日中とけた雪が凍って滑りやすくなっている道を、転ばないよう足の裏全体で踏みしめ歩く。それでも一度、転びかけた。

「中にもう一枚着てくればよかった」

エナは震え声で続ける。

「鹿取さんはきっと、水野先生のことが好きだったんだろうね」

わたしも、そう思った。

バスケ部のない火曜日。わたしは帰宅した後地下鉄に乗り、円山公園駅で降りた。高級住宅地がある宮《みや》の森《もり》を目指すのは、九月以来のことだ。センスの良いカフェやレストランがあるらしいけど、残念ながら用事はない。

円山公園を西に向かって、坂道を上りながら横断する。冬なので当然、桜や白樺《しらかば》はすっかり葉を落としているけど、円山動物園への道すがら生えている松や杉の緑で寒々しさはいくらか和《やわ》らいでいる。

わたしは、歩の家に向かっている。

鹿取さんの話がどうしても引っかかった。歩は非常識で周りの人を振り回すけど、単に失敗しただけの人を貶《けな》すとは思えない。わたしはいくつかの謎解きを通じて、彼は変人だけど優しい人でもあることを知っている。

訊いても嫌がられるかなと思いつつ連絡をとり、『鹿取一樹』の名前を出してみた。すると意外なことに、向こうから「話を聞かせろ」と言ってきたのだ。

山を切り拓《ひら》いてつくられた住宅地に入り、自分の家の近所ではあまり見かけない感じの真っ赤な車とすれ違う。よくわからないけど、左ハンドルだからきっと外車だ。わたしは、クリーム色の外壁に、お洒落な格子窓がメルヘンチックな家の前に立つ。ブロンドの美少女でも住んでいそうな雰囲気だけど、実際に住んでいるのは理屈っぽくて偏屈な、丸メガネをかけた日本人の少年だ。

今までと違って謎解きにはならないだろう。今回は当事者に直接、話を聞けるのだから。

わたしは、門扉《もんぴ》の横にあるインターホンを押した。

「僕はふと、小さい頃洋菓子を食べて得た純粋な感動を忘れているのではないかと、危機感を覚えた」

ダイニングに通され、ダメージ加工の施された一枚板の野性味あふれるダイニングテーブルにつくと、歩はいきなり語りだした。相変わらず、会話のキャッチボールをする気はないらしい。

「こないだ、とあるパティスリーのイートインスペースでケーキを楽しんでいると、大学生と思われるグループの会話が耳に入ってきた。ある一人が『こういう感じは初めて』だと心底感動したように言うと、別の奴が『いや、こういうのは昔からある』と嘲《あざけ》るような口調で言うんだ」

「それはまあ、イヤな感じだね」

「そんなことを言われたら、初めての味で感動を与えてくれたケーキが一気に不味《まず》くなるだろ。ケーキを褒めた奴はもしかしたら店の常連になり、洋菓子愛好家になったかもしれないのに」

歩は席を立ち、二人分のコーヒーとケーキをトレーにのせて戻ってきた。ケーキは二つとも、同じものだ。

「苺のクラフティは、今が旬だからな」

「カスタードのケーキなんだね」

「タルト台にカスタードを流し、焼き上げたものだ」

つやつやとした苺には粉砂糖がかかっていて、よく見るとハーブと思われるものがあしらわれている。

「ミント?」

「セルフィーユだ」

と言われてもわからないので、とりあえず食べてみることにする。タルトは思ったよりもしっとりしていて、フォークを入れやすい。

「これは、おいしいね」

甘い。苺の酸味も当然あるのだけど、濃厚なバニラ風味のカスタードの甘さが口いっぱいに広がる。

「甘さ控えめとか隠し味がどうとか、もちろんそういうのも素晴らしいが、このケーキは直球勝負なんだよ。子どもが好きな要素のみで構成されている。香りと風味づけのセルフイーユも、まろやかでクセが少ない。

小学生の頃、このケーキを気に入っていてね。こればかり食べていた時期もあった」

「他にもなにか、思い入れのあるケーキってあるの？」

返事はなく、歩は黙々とケーキを口に運ぶ。わたしも気にせず、コーヒーに口をつけた。どんなにゆっくり味わっても、黙々と食べていたらケーキ一個くらいすぐになくなってしまう。

歩は口元に掌《てのひら》を当てた。考えごとをするときの彼のクセだ。

「鹿取さんは、バスケ部の先輩だったの。歩と同じ塾に通っていたと知ったのは、ついこないだだけど。世間って狭いね」

歩は考えるときのポーズをやめて、「そうだな」と呟いた。

「鹿取は、僕についてなにか言ってたか？」

「うん。塾内での様子とか、囲碁でイヤな先生を負かした話とか」

「水野梨花の話は、してなかったか？」

「別れ際に、ちょっとだけ。

水野先生は今、わたしの中学校の英語教師で、授業を受けたこともあるんだけど……」

歩は一息ついて、手元のコーヒーカップに視線を落とした。

「四年前のある日、水野梨花の舞台について鹿取と言い合いになってな。それから一度も会ってないんだ」

「なにか、理由があるんでしょう？」

「君に話すようなことではない――」

急に突き放されたような気がして、体が固まってしまう。

「と言いたいところだが、今日は僕の方から誘ったわけだしな」

素直じゃないなあ。

「結果だけ言えばいいのかもしれないが、それだとよくわからないと思う。順を追って話すと少し時間がかかるが、いいか？」

「いいよ、長くなっても」

*

水野梨花の舞台には二度、足を運んだ。いずれも、鹿取に誘われてのことだ。

一度目は、鹿取が彼女のSNSのアカウントを発見し、舞台の情報を得たことがきっかけだった。作・演出・主演、全て水野梨花。告知の段階では、彼女以外の役者も数人いた。

芝居は彼女が通う大学内の小規模なホールで行われ、空席はほとんどなかった。あとで知ったことだが、彼女は大学生ながら札幌の芝居好きの間ではそこそこ有名な存在だったらしい。

上演前、彼女は観客に対していくつかの注意事項をアナウンスした。主演女優が前説をすることに少し違和感を覚えたが、僕は演劇に詳しくはない。そういうこともあるのかと思って、彼女の話を聞いた。彼女は電子機器の電源を切るよう観客にしつこく呼びかけていたが、随分神経質だと思ったよ。旅客機だって、機内モードであれば電源を切る必要はないというのに。

大事な場面を、着信音かバイブ音で台無しにされたことがあったのかもしれない。

上演内容は事前に告知されていた内容とは異なり、彼女の一人舞台だった。なにがあったのかは知らないが、素人《しろうと》の僕から見てもストーリーや演技は悲惨なもので、終演後の拍手もまばら。今まで見てきた、教壇の上での自信と気品にあふれる彼女とはまるで別人だった。

鹿取は茫然自失《ぼうぜんじしつ》の体《てい》。

ホールを出てすぐに彼と別れ、大学構内を当てもなく歩き回った。あのとき僕は、気落ちしている鹿取と一緒に帰るのは気が重いと感じてしまったんだ。

しばらくぶらついていると偶然にも水野梨花が、同い年くらいに見える女性となにやら話し込んでいる姿が目に入った。二人とも結構興奮している様子で、少し近づいただけで会話を聞き取ることができたよ。

「今からでも謝れば、みんな戻ってきてくれるよ」

「どうして……どうして私が頭を下げなくちゃいけないの？　あんなにやる気のない人たちに！　それは絶対にできない」

「みんながみんな、プロを目指してやってるわけじゃない」

「そういう問題じゃない。上手《うま》くなりたくないの？　危機感を持ってるのが私だけっていうのが不思議でしょうがないの。成長が感じられない。みんなもそうだけど、誰よりも私の成長が――」

　僕は二人から離れ、家に帰った。こういう形で舞台裏を垣間見てしまうのは、あまり気分の良いことではなかったよ。この日の出来事は忘れようと思った。

　鹿取もこの日の出来事を胸にしまっておけば、あんなことにはならなかっただろうに。

　しかし彼は、何人かの塾生に喋《しゃべ》ってしまった。塾の外で水野梨花の姿を見たことで、舞い上がっていたのかもしれない。

　鹿取が塾で水野梨花の芝居の話をしたことは、当人の耳にも入ったらしい。それでも、彼女の教壇での振る舞いに変化はなかった。

　だがある日、異変に気がついた。

　授業後に僕と水野梨花が他愛のない雑談をしていると、いつものように鹿取も話に加わってきた。しかし鹿取がなにを言っても、水野梨花は応じない。彼女が意図的に、鹿取を無視していることは明らかだった。

その後も水野梨花に無視され続け、鹿取の口数は日に日に減る一方。このときばかりは少々悩んだ。彼になんと声を掛ければいいのか。もともと、僕の方から話し掛けることはあまりなかったから。

日頃鹿取が水野梨花のことをどう思っているのか推し量れば、僕の口から「先生のことなど気にするな」と言うのは躊躇《ためら》われた。


水野梨花が鹿取とあまり口をきかなくなってから、三ヶ月が経った頃だ。

彼女は授業後、「大学で芝居をやるから興味のある人はどうぞ」という趣旨のアナウンスをした。水野梨花の口から芝居のことを聞くのはそれが初めてだったし、鹿取に対する素っ気ない態度も継続していたから、不信感を抱かない方がおかしい。

そもそもどのような内容の芝居をやるのか。小学生が観て楽しめるものなのか。

塾内では相変わらず水野梨花は人気者だったから、彼女から芝居のチラシを貰《もら》う奴は多かった。当然僕はチラシを受け取らなかったし、鹿取もそうだった。

後日、塾へ行くと鹿取が明るさを取り戻しているように見える。

僕はこのとき、久しぶりに彼に声を掛けた。

「なにか良いことでもあったか?」

「水野先生に、芝居を手伝うよう言われた」

彼の嬉しそうな口ぶりがどうも引っかかって色々質問してみたものの、わかったのは芝居の本番中にある手助けをするということだけ。具体的になにをするのかは秘密だと、はっきり言われてしまった。

いつ貰っていたのか、彼は芝居のチラシを僕に見せてくる。それはとてもシンプルで、記載されているのは必要最低限の情報のみだった。

『クレセントムーン』というタイトルと開演日時。水野梨花による一人舞台で、作・演出も彼女。場所は水野梨花の通う大学の講義室。観劇料金は無料。あとは、問い合わせ先の電話番号だけだった。

「どういう内容なんだ」

「それは、俺も知らない」

「それじゃあ芝居の本番で手伝うのは難しいだろう。一部の場面やセリフくらいは事前に聞いているんじゃないか？」

鹿取は否定した。水野梨花ならいざ知らず、僕を騙しおおせるほどの演技力が彼にあるとは思えない。

本当に、なにも知らないのだ。

「俺にしか頼めないと、水野先生に言われたよ。電話でも少し話すことができた」

久しぶりに水野梨花に存在を意識され、鹿取は浮かれているように見えた。その様は痛痛しかったが、彼の心境を思えば無理のないことかもしれない。

「鳥飼くんも、芝居を観にこないか？」

彼の様子を見て、さすがに断ることはできなかった。


開演当日、「水野先生と最後の確認があるから」ということで、鹿取は開場時間よりも早く大学へ向かった。

普通の観客でしかない僕は一人で広大な大学構内を歩き回り、会場となる講義室のある建物を探した。ちょうど紅葉の季節で構内の樹木は赤や黄に染まっていたが、ゆっくり見物する気にはならなかった。

芝居の本番中になにが起こるのか、そればかりが気がかりだった。

開演時間十五分前に、舞台のある講義室に到着する。

小学校の教室と大して変わらない大きさで、席数は三十五。七つのパイプ椅子が横に隙間なく並べられ、それが五列あった。満員とは言わないまでも、そこそこの人数が芝居を観にきていた。

先に到着していた鹿取の両隣は既に埋まっており、塾で見たことのある奴も何人かいる。大人もそれなりにいた。最前列にいた三十過ぎと思われる男性たちは、おそらく水野梨花のコアなファンだろう。

座る場所を決めるため客席全体を眺めていると、この芝居の雑用係と思われる水野梨花と年が近そうな男性に声を掛けられた。

「最前列の席にまだ空《あ》きがありますよ」

水野梨花は演劇サークルで苦しい立場にあるようだったが、協力する奴も一応いたらしい。

熱烈なファンに混ざって観劇する気にはならず、僕は三列目右寄りの席で観劇することにした。左斜め前に鹿取がいて、空いている席の中ではそこが彼と一番近かったからだ。その席に荷物を置いて鹿取に声を掛けた後、僕は舞台に近づいた。鹿取と水野梨花がなにをしようとしているのか、舞台を観察すればわかるかもしれない。

舞台は教壇を二つ繋《つな》げた、正方形に近いものだった。室内を見回したが、特別な照明器具や音響装置は見当たらない。舞台の背後に暗幕が張られていたが、裏に機材を配置するスペースがあるようには見えなかった。

セットは小さな丸いテーブル、その上にあるスマホ、丸椅子、それにスタンドライト。スマホの所有者はすぐにわかった。画面左上に集中している細かいヒビの入り方は、塾の授業前に必ず見せられた水野梨花のスマホのそれと同じだ。

暗幕の裏側も見ておくに越したことはないと考え舞台に近づこうとしたら、水野梨花のスマホが鳴った。

それを聞いて、雑用係の男が講義室を出ていく。

「弟も大変だな」

最前列に座っているうちの一人の言葉だった。

弟に呼ばれ講義室に入ってきて電話に出た水野梨花が「今どこにいるの」「それとは違う建物です」と道案内を始めたので、暗幕の裏を見るのは諦めて手洗いに行くことにした。

用を済ませ手洗いを出ると、玄関の方から講義室へ向かう小学生の女子二人組を見かけた。二人とも、塾で見たことがある。声を掛けると彼女たちに驚かれてしまったが、僕だって用事があれば声ぐらい掛ける。

「ついさっき、電話で水野梨花に道を訊かなかったか？」

背が高い方の女子が首肯《しゅこう》した。舞台上のスマホは、やはり水野梨花のものだ。

僕は足早に講義室に戻ったが、もうそこに水野梨花はいなかった。

あと何分で芝居が始まるのか知りたくて室内を見回したが、時計が見当たらない。暗幕の裏にでも隠れているのだろうか。腕時計はしておらず、スマホとケータイは鞄《かばん》の中だったから、そばにいた雑用係の男にあと何分で芝居が始まるのか訊いた。ところがその男がいい加減で、僕と同じように室内をきょろきょろ見回し「あと五分くらいですかね」と自信なげに言った。

席に戻ると、左斜め前の席には鹿取のトートバッグがあるだけで、本人がいない。

彼が戻ってきたのは、僕が席についてから五分後くらいだっただろうか。

その後すぐに水野梨花も講義室に入り、慣れた観客はスマホやケータイを取り出し電源を切った。もちろん鹿取も例外ではなく、自身のスマホの電源を切り膝元のトートバッグに入れていた。

彼女はお決まりの注意喚起を始め、観客の前で自分のスマホの電源を切り、丸いテーブルの上に置いた。

前説が終わると、雑用係の男が講義室の電気を消した。ほぼ真っ暗になったのは、カーテンを遮光性《しゃこうせい》のあるものに替えていたからか、窓に直接段ボールでも張っていたのか。まあ、それはどうでもいいことだ。

水野梨花が舞台上のスタンドライトを点《つ》けて、芝居は始まった。彼女は丸椅子に腰掛け、何事か話し始める。声は徐々に大きくなり、支離滅裂な一人言が続いた。

精神が不安定な演技——いや、あながち演技でもなかったかもしれない。

そのときにはもう、僕はなんとなくわかっていた。

水野梨花が、なにをしようとしているのか。

「塾で鹿取と話していたのは、彼の実家がパティスリーだったからだ。それは否定しない。ただ……彼は、洋菓子についてしか口にしない僕の話でもイヤな顔一つせず聞いていた。彼といるときに感じていた居心地のよさに気づいたのは、あの出来事から大分経ってからのことだ」

歩は少し俯き加減で、いつもの彼らしい余裕や自信が今は感じられない。

「初めて食べた苺のクラフティは、鹿取の店で購入したものだったんだ」

「思い出の味なんだね」

「感傷的に言えば、そうかもな」

少し間を置いて、歩は再び語りだす。

「水野梨花が鹿取に、素人の小学生に芝居の手伝いをさせる不自然さがずっと引っかかっていた。どうしても本番中に助けがいるなら、雑用係の男に頼めばいい。塾で芝居のことを喋られたのを根に持っているようだったし、彼女が鹿取に対してなにか企んでいるのではないかと疑うのは、当然のことだ。

まず、水野梨花は鹿取になにを頼んだのか。

上演中、客席から舞台に上がるなんてあり得ない状況だった。鹿取は二列目左寄りの席についていたが、そこから舞台に上がろうとすると他の観客の目の前を横切ることになる。また彼は、芝居の内容をまったく知らなかった。客席からなにか声を上げさせるのであれば、水野梨花は嘘でもなんでも内容についてなにか伝えたはずだ。

となると――」

「スマホかスタンドライト？」

歩は頷く。

「スタンドライトは、リモコンで操作できるタイプだったら、客席から明かりを消せるよね」

「停電などの状況を表現したい場合は、頼むかもな」

「スマホの場合、舞台上のやつを鹿取さんに鳴らさせる……でも、お芝居が始まる前に二人とも電源を切っていたのか」

「それは、再び電源を入れればいいだけじゃないか」

わたしは目をつむって考えてみた。

「スタンドライトにしてもスマホにしても、鹿取さんはいつ操作するの？　お芝居の内容はなにも知らなかったんでしょ？」

「なにか、動作がトリガーになっているのではと考えた。

だから僕は、舞台上の水野梨花と左斜め前にいる鹿取の動きを注視していた。

三十分くらい経った頃かな。水野梨花が芝居の中で初めてスマホを手に取ったのとほぼ同時に、鹿取は膝元のトートバッグに手を突っ込んだ。この時点で、これから起ることを完全に読めていたわけではない。

推論で全てを見通すことはできなかった。

だが、やるべきことは一つだ。

僕は自分の鞄に手を入れ、水野梨花の番号を予《あらかじ》め表示させておいたケータイの発信ボタンを押した」


ここまでの話を聞いて、わからないことはいくつかある。だけどそれらは漠然としていて、整理するのに時間がかかってしまった。

そんなわたしの様子に気がついたのか、ただ単に疲れてしまったのかはわからないけど、歩は話を中断して冷め切ったコーヒーに口をつけている。

「鹿取さんのために、水野先生のスマホにコールしたんだよね。それは、水野先生が鹿取さんのスマホを鳴らして恥をかかせるのを阻止したかったから……ってこと？」

「大体、その通りだ」

歩が、なんの根拠もなくギャンブルのようなことをするはずがない。頭の中が整理されてきたので、思いついた順に訊く。

「もし、歩の思い違いだったらどうするつもりだったの？　水野先生がスマホに触ったからって、それがサインとは限らないでしょ。そのタイミングで鹿取さんがトートバッグに手を入れたのは偶然だったかもしれないし」

「それなら水野梨花はスマホの電源を入れる必要がない。電源を入れなければ、僕が発信したところで芝居の進行になんら影響は出ないんだ。スタンドライトを消せというサインだったとしても、同じことが言える」

まだ全然、すっきりしていない。

「じゃあ、水野先生に悪意がなかった場合は――」

「そのときは水野梨花のスマホにコールしたのが僕だろうが鹿取だろうが、舞台上のスマホが鳴るのは予定通りということだ。その場で問題になることはない」

「でも悪意を持って水野先生が鹿取さんのスマホを鳴らそうとしたって、それよりも早く自分のスマホが鳴ってしまう可能性もあるじゃない」

鹿取さんが水野先生のスマホにコールする方が先になるかもしれない。なんだか、早撃ち勝負みたいな状況に思える。

「舞台上の水野梨花のスマホの電源はオフだったんだ。起動にかかる時間を実際よりも長めに伝えておけば、水野梨花の目的は確実に達成される」

「だけどね、水野先生はともかく、鹿取さんはスマホを操作できるかな。講義室が全体的に暗かったのなら、ちょっとでもトートバッグからスマホを出して操作しようとすれば、光って目立っちゃう。スマホの画面をまったく見ずに先生の番号を呼び出して発信するのって、できないとは言わないけどケータイよりも難しいと思う。ロックの設定は外しておいたにしても、厳しいよね。

それに、もし水野先生が鳴らそうとしたところで、鹿取さんのスマホは鳴らない可能性が高いんじゃない？　鹿取さんは水野先生に特別な思いを抱いていて、芝居中に着信音が鳴るのを極端に嫌っているのも知っていた。予め音もバイブもしない設定にした上で、電源を切っていたと思う。そうじゃないと、電源を入れてから水野先生に電話するまでのほんの少しの間に、なんの事情も知らない外の人から着信しちゃう可能性があるし」

「水野梨花にとって、芝居中に鳴る電子機器が鹿取の所有物である必要はない」

歩は息をついて、

「所有者は誰でもいいんだ。それに真史《まふみ》の言う通り、画面を見ずに操作するならスマホよりケータイが望ましい。

水野梨花が上演直前に、ボタン一つでコールできる状態のケータイを『着信を通知しない設定にしてある』と言って鹿取に渡せば、ほぼ確実に彼の持つケータイを芝居中に鳴らすことができる。

芝居が始まる前、僕は雑用係の男に開始まで何分あるか訊いた。そのときは、講義室内に時計は見当たらなかったからな。彼が腕時計を巻いていればそれを見たろうし、時刻のわかる電子機器を持っていればそっちを見ただろう。

だが彼は正確な時刻を確認しなかった。それは彼のケータイが水野梨花を通して鹿取に渡っているからだという想像が脳裏を掠《かす》めたが、僕にとって重要なことではなかった。単に、僕の質問に答えるのが面倒だっただけの可能性もあるわけだしな」

それだと、水野先生の予定よりも早く鹿取さんの持っているケータイが鳴ってしまうこともあり得るのでは？　偶然、第三者から電話やメールが来るかもしれない。いや、もし水野先生が鹿取さんに恥をかかせようとしていたのなら、予定より早く鳴っても彼女にとっては問題ないのか。

でも、まだ疑問はある。

「ケータイとスマホ、二台持ってた可能性があるのは鹿取さんだけじゃないよね。水野先生だって、同じように二台持っていた可能性があったんじゃない？」

水野先生が舞台上のスマホとは別のケータイを隠し持っていたら、歩のやり方では鹿取さんを助けられない。

「そうだな。水野梨花じゃなくても、雑用係の男もしくは観客の中に協力者がいた可能性もあった。そのときはしょうがない。鹿取の席から着信音が聞こえたら即座に彼のトートバッグを奪い取り、着信履歴を確認する。

鹿取のものではないケータイに着信があれば、水野梨花を問い詰めればいい。ケータイが誰のものであれ、鹿取が水野梨花以外の人間からそんなものを受け取る理由はないのだから。

もし鹿取の所有物のスマホが鳴って、それが単に彼の不注意によるものであれば、そのときは水野梨花に代わって僕が注意すればいい。

どちらのパターンも、嫌だったがね」

「実際は……どうなったの？」

「ただ座って見ていたよ。

舞台上で鳴り響くスマホと、水野梨花を。

彼女はスマホを見て、固まっていた。着信音が止まっても彼女は微動だにしない。数分経って観客がざわつきだした頃、舞台を降りて講義室を出て、それっきりだ。

鹿取は、放心状態だった」

歩は眉根《まゆね》を寄せ、手元のコーヒーカップに視線を向けている。彼の暗い表情を見るのは初めてかもしれない。

「もし芝居が継続されれば、舞台上のスマホの着信がシナリオ通りであろうとなかろうと、水野梨花に謝罪しようと考えていた」

「それはつまり、水野先生に悪意があったとしてもってことでしょ」

歩は小さく頷いて、

「だが、芝居は止まった。

鹿取の持つケータイが鳴ったとき、水野梨花はどうするつもりだったのか。鹿取を罵倒《ばとう》して芝居を途中で止めてしまうのなら、ファンや塾生の前で彼女が恥をかくのは結局同じだ。彼女の芝居へのこだわりを考えれば、その点は疑問だった。また可能性は低いが、鹿取のケータイを鳴らしたあと、自身のスマホが偶然鳴ってしまう危険もあったはずだ。

しかし水野梨花が出ていった後、講義室を出ていく雑用係の男がたまたま目に入り、閃《ひらめ》いた。

その男に一つ質問をすれば、残った疑問は解決できると」

どんな質問をすればいいのか、わたしには見当もつかない。

黙って、次の言葉を待つ。

「席を立って雑用係を追いかけ、『あなたは、水野梨花の本当の弟か?』と訊いた。彼は怪訝《けげん》な表情で、否定したよ。

つまりあの芝居には、水野梨花の演じる〈女〉の他に、〈弟〉という役がいたんだ。あの日の芝居は初演ではなく、コアなファンたちは舞台の外で電子機器を鳴らす奴がいることを知っていた。だから彼らは、雑用係の男を〈弟〉だと思い込み、そう呼んでいたんだ」

最初から、舞台の外から着信音が響くことが前提のシナリオだったということか。

「でも、一人舞台なんでしょ。出演者は水野先生だけなのに、弟役ってどういうこと？」

「一人舞台だからって、その作品の中に存在する人物が彼女一人とは限らない。〈弟〉にセリフはなく、登場もしない。おそらく舞台の外で鳴る〈弟〉の電子機器の着信音に対し、それまで俯いて一人言を呟いていた〈女〉の感情が爆発するんだ。

一方的に〈女〉が、〈弟〉を理不尽に責め立てる。

たとえ、水野梨花が発信する前に偶然第三者が鹿取の持つケータイを鳴らしてしまっても、彼女にとって大きな問題にはならない。支離滅裂な一人言を呟いているだけだったから、激昂《げっこう》するタイミングが多少早まっても、それがストーリーに与える影響は少ないだろう。物語が動き始めるのは、〈弟〉をなじったあとだと考えられる。

電源をオンにした彼女のスマホは、激昂している間に再び切ってしまえばいい。観客の視線をコントロールするのは、得意なはずだ。もちろん、最初から電源を切らずに、着信を通知しないような設定にしていれば目的を達成できる確率はかなり高まったに違いないが」

「水野先生は、電源を切ることにこだわっていたからね……」

「電源を切った状態で芝居を始めるにしても、予め音の出ない設定にしておくべきだったんだ。計画に対して過信があったのか、そこまでは考えが至らなかったのか」

歩は一つ、ため息をついた。

「手洗いへ向かう雑用係の男と別れ、僕は講義室に戻った。鹿取のもとへ行くと彼は多少正気を取り戻しているように見え、『雑用係の男を見かけなかったか』と訊ねられた。

僕の返答を聞いて小走りで講義室を出ていく彼を尻目に、考えたんだ。

思うに、水野梨花は大学での居場所を失っていたのではないかな。彼女が堂々と演技し、観客を魅了できる舞台は塾の教壇だけだった。

後日、僕は一度だけ水野梨花に電話したんだ。あの一件以降、水野梨花は塾にも姿を現わさなくなったから」

「水野先生は、電話に出たの？」

歩は頷いて、

「『ふがいない舞台のことを塾の生徒たちにバラされてしまい、それがあまりにも恥ずかしくて、鹿取くんに冷たくしてしまった。それなのに鹿取くんは普段と変わらず私と会話しようとしていて、私の惨《みじ》めな思いはどんどん膨らむばかり。正常ではいられなかった。だから、鹿取くんの好意を知った上で、舞台上から唐突に〈弟〉役を彼に押しつけて罵倒し、傷つけてしまおうだなんて……ひどい計画を思いついてしまった』と、そんな感じのことを言っていた」

「鹿取さんとは……」

「あの日を最後に、口をきいていない。大学からの帰り道に、口論になってしまってな。僕は、水野梨花の舞台は失敗だったと言い続けた。盲目的な恋から鹿取を救ってやろうと考えたのだが、それは思い上がりだったんだ。なんでもかんでも、思い通りに事が運ぶはずなんてないのに」

「本当のことは言わなかったの？」

「水野梨花が鹿取に向けた感情を、彼の前で明らかにするのはどうしても……躊躇われた」

歩は丸メガネを外し、背もたれに体を預け天井に目を遣《や》る。

「僕はただ、あの日の水野梨花の企みを阻止できればそれでよかったんだ。それが達成されれば、いつもの日常が戻ってくると思っていた。そんなわけはないんだがな、今思えば」

でも歩が行動を起こさなければ、状況はもっと悪くなっていただろう。なにもかも丸く収まる方法なんて、なかったのではないか。

「芝居が始まる日まで、傍観していたのがまずかったんだ。彼女はある意味、ずっと独りだった。誰かが彼女を真剣に諫《いさ》めていれば、あんな芝居をやろうだなんて気は起こさなかったようにも思える。

僕は鹿取に同情しつつ、水野梨花とは普段通り接していた。時間が経てばなんとなく元通りになるだろうという、希望的観測があったから」

いくら塾内でよく話していたとはいえ、二十歳《はたち》を超えた大人が小学四年生の忠告を真面目に聞き入れるとは思えない。そんなことは、歩もわかっていたはずだ。

「あの日の翌日は塾に行ったが、段々と足が遠のいて結局やめたよ」

彼は天井を見つめたまま、

「鹿取は、元気そうだったか？」

「高校での様子はわからないけど、中学のバスケ部では元気にやってたよ。こないだ会ったときも元気そうだった」

歩は姿勢を正し、丸メガネを再びかけて右側の壁にある木目調の掛け時計を確認する。

「もうこんな時間か。随分喋ってしまった。そろそろ帰った方がいいんじゃないか」

わたしはじっと、考える。

帰る前に、歩に言わなければいけないことがあるのではないか。

「おい、どうした。あまり遅くなると、また家出したと思われるんじゃないか」

「鹿取さんと、仲直りしないの？」

歩は目をそらした。

わたしは、余計なことを訊いてしまっただろうか。

気まずくなって掛け時計に目を遣ると、彼は口を開いた。

「どちらかに、あるいはどちらにも明らかな非があれば、謝罪という方法で関係の修復が可能なのかもしれない。だが鹿取は悪くないし、僕だって悪いことをしたとは思っていない。

それに、もう四年も経った。鹿取は学校で、新しい人間関係を築いているはずだ。今敢えて、僕が彼になにかする必要はない」

わたしは、目線を正面の歩に戻す。

「鹿取さんは、歩のことを凄く懐かしそうに話してた。無関心だったら、昔話なんてしないでしょ。歩の名前を先に出したのは、鹿取さんだったんだよ。

歩だって、今でも鹿取さんに関心があるから、わたしを呼んだんじゃないの？　興味がなければわたしが『鹿取一樹』の話題を出しても無視すればいいのに、しなかった。

四年前のことを丁寧《ていねい》に話してくれたのは、心のどこかで鹿取さんと仲直りしたいと思っているから――」

歩は立ち上がった。やっぱりわたしは、余計なことを言っているのだろうか。

「なんの根拠もないな」

冷や汗が脇腹を伝う。気を悪くさせてしまったかと思ったけど、彼の顔をよく見てみると、表情はほんの少し綻んでいる。わたしの気のせいでなければ。

「鹿取が今僕のことをどう思ってるかなんて、この場で考えてもわかるわけがない。スマホを取ってくる。もし僕の知っている彼の番号が今と違うのなら、教えてくれ」

「早く取ってきて！　わたし、もう帰らないと怒られちゃう」

素直じゃない。久しぶりに鹿取さんと喋って、さらにややこしいことにならなければいいけど。

歩は不思議そうにわたしを見た。

「なにがおかしい？」

「別に、なんでもないよ」

お互いのスマホに登録されている鹿取さんの連絡先を確認し、わたしは急いでコートを着込む。

帰り際、玄関で靴を履いて立ち上がると、歩に「ええと」と声を掛けられた。

「どうしたの？」

「いや、なんでもない。早く帰れ」

「うん、それじゃあね」

彼の歯切れの悪さに違和感を覚えつつ、本当にもう帰らないとまずい時間なので、歩に背を向ける。

「——とう」

「今、なんて?」

わたしは振り返った。

歩の声が小さくて、聞き取りにくかったのだ。

「本当に、早く帰った方がいいぞ」

わたしは頷いて、歩に背を向け今度こそ彼の家を出た。

さっきの言葉、はっきりとは聞こえなかったけど、彼の気持ちは伝わってきた——ような気がする。

翌日の三時間目の授業。水野先生はわたしのクラスの教壇に立ち、英語を教えている。モノトーンでまとめたコーディネート。アクセサリーはつけず、メイクに気合いを入れているようにも見えないけど、相変わらず先生は美しい。
水野先生の授業を受けるのもあと数回。来年から、前田先生が復帰する。
「Everyone loves Yurie.〈みんながユリエを愛しています。〉
この文を、○○《なになに》によって□□《なになに》されるという受け身の形にします。
Yurie is loved by everyone.〈ユリエはみんなによって愛されています。〉
元の文の目的語を主語にして——」

考えてみれば、演技しているのはなにも水野先生だけではない。わたしだって、いつも素の自分でいるわけではない。目の前にいる相手や、そのとき自分がいる場所によっては役を演じることもある。それはきっと、みんなも同じだ。学校に行かず自由奔放《ほんぽう》に振る舞っているように見える歩でさえ、たぶん例外ではない。昨日の彼を見て、そう思った。

水野先生が黒板の上にある掛け時計に目を遣る。そろそろ時間だ。

「次の授業までに、ワークの問題を解いておいてください。少し早いですが、今日はここまでにします」

授業が終わり、あちこちで小声のお喋りが始まる。

水野先生が颯爽《さっそう》と教壇を降りると同時に、終業のチャイムが鳴った。

放課後、エナと体育館へ向かっていると、

「ウミスナさん」

と後ろから声を掛けられた。

振り返ると、水野先生が微笑みを浮かべこちらを見ている。

「この間職員室で少しお話ししたとき、あなたの苗字をウミノだと勘違いしてました」

先生は軽く頭を下げた。

「いえそんな……全然気にしてませんので」

「これから部活？」

わたしが頷くと、先生は「頑張ってね」と授業のときと同じ口調で励ましてくれた。体の向きを変えこの場を離れようとする先生を、わたしは思わず呼び止めてしまう。

不思議そうな表情の先生に、

「こないだ、バスケ部の先輩の鹿取さんに会いました。水野先生は、塾で鹿取さんを教えていたことがあったんですよね」

「ええ、そうですよ。その頃私は大学生で、鹿取くんは小学生でした」

「この学校で、鹿取さんのクラスの授業を受け持ったことはありますか？」

鹿取さんは一年前までこの学校にいたし、接する機会があってもおかしくないはずだ。

「鹿取くんを教える機会はありませんでした。ただ――」

先生は顔色一つ変えずに、

「何度か、世間話をすることはありましたよ」

当然、どんな話をしていたんですかなんて訊くわけにはいかない。

だけど、どうしても一つだけ、質問したいことが頭に浮かんでしまった。先生と大して交流のないわたしがこんなことを訊くのが変なのはわかった上で、

「最初は、先生と鹿取さんのどちらから声を掛けたんですか？」

「私からですよ」

事情を知らないエナが、わたしと水野先生の顔を不思議そうに見つめた。

でも彼女は先生に笑いかけて、

「水野先生は今も、お芝居をしているんですか？」

「今は全然、やっていないんですよ」

「そうなんですか。続けていらっしゃるのなら、一度観てみたいと思ったのですが。もし今後余裕ができて先生がお芝居をやる機会があれば、教えて欲しいくらいです」

「そう言ってもらえるのは嬉しいのですが、私はもう舞台に上がることはないと思います」

エナは少し残念そうに「そうですか」と頷いた。

「今は仕事で手いっぱいですし。生徒たちが自分の夢ときちんと向き合うため、その手助けができる教師になりたいので」

水野先生と別れ、わたしたちは再び体育館へ向かう。

道すがら、ずっと考えていた。

水野先生は心から、四年前のことを悔いている。

そうじゃなければ、学校で先生の方から鹿取さんに声を掛けることはないと思うから。

第二話　正解にはほど遠い

「真史先輩、さっきのは名演技でしたよ！」

わたしはタオルで汗をふきながら、朝からテンションの高い後輩のもとへ歩み寄る。バスケ部でもないのに朝練の見学に来る、もの好きな彼女と知り合ったのは、ほんの数日前のことだ。身長は一年生の女子としては平均くらいだけど、鼻筋が通り輪郭《りんかく》も綺麗なので、年齢よりは大人びて見える。

「フェイクのときの動作が、実際にシュートを打つときとほぼ同じなんです。表情まで一緒でしたよ」

満面の笑みで褒《ほ》めてくれた。もちろん、悪い気はしない。

「彩香《あやか》ちゃん、バスケ好きなの？」

彼女は「いいえ！」と首を大きく横に振り、高めの位置でまとめられたポニーテールも激しく揺れた。正直なのはいいけど、もうちょっと言いようがあるんじゃないかな。

「わたしは、真史先輩に興味があるんです」

「それは……ありがとう」

初めて会ったときは彼女にいきなりファーストネームで呼ばれ、「わたしのことは彩香と呼んでください」と言われた。かなり強引に距離を詰められたけど、それをイヤだとは感じさせない人懐こさと明るさが彼女にはある。

「こないだ一緒にいた、英奈先輩は今日はいないんですか？」

「エナは朝練には来ないよ。朝講習に出てるから」

「そうなんですか。たしかに、凄く勉強ができそうですもんね」

彩香ちゃんは大きく頷《うなず》く。ややオーバーなアクションの度《たび》に揺れ動くポニーテールが目に入り、なんとなく気になってしまう。天然なのかわざとなのか、どちらにしても大したものだと偉そうなことを考えてしまった。

「その靴、ええと、バスケットシューズって言うんですよね」

いつの間にか、彩香ちゃんはわたしの足下を見つめていた。

「かっこいいですね」

「ありがとう。買ったばっかりなんだよ」

「シアンを基調とした、派手さはないけど洗練されたデザインに好感が持てます」

「この色、シアンって名前なんだ」

水色としか認識していなかった。

「靴紐の色が左右で違うのは、真史先輩のこだわりですか?」

「そうだよ。バッシュは全部そうしてる」

彼女はわたしとの間合いを一歩詰め、

「そのさりげない遊び心が、また、いいんですよ!」

さっきから、彼女の勢いに押されるがままだ。

ちょっと困っていると、

「おいウミ、練習にファンが来るようになったのか!」

と不意に声を掛けられ、振り向く。バスケ部で同じクラスの田口総士《たぐちそうし》くんが、にやにやしながらこちらを見ていた。

「ファンじゃないから」

わたしは彼女のためにも否定した。なのに彼女があっけらかんと「いや、ファンですよ」なんて言うからややこしい。もういいや、どうにでもなればいい。

総士くんはこちらに近づいてくる。彼は彩香ちゃんを見て、

「君、一年生?」

「はい。鹿取彩香といいます」

総士くんは腕を組んで彼女を凝視している。彼が次になんと言うか、わたしにはなんとなくわかった。

「もしかして、鹿取先輩の——」

「ええ、わたしの兄です」

総士くんは手を打って、

「似てる！　一卵性双生児？」

「総士くん、双生児の意味わかってる？」

相変わらず、テキトーなことを言う。たしかに顔は似ているけど双子というほどではないし、そもそも年齢が違うではないか。一卵性もなにもない。

彩香ちゃんはわたしと総士くんを交互に見る。

「あっ、真史先輩の彼氏ですか？」

「違う」

どうしてそうなるのか。

「お似合いな気がして、身長が」

「そんなことはないな。俺の方が小さいし」

身長は総士くんの方が高い。同じくらいに見えることはあるかもしれないけど、わたしが彼より大きいってことは断じてない。

総士くんはそわそわして明らかにツッコミ待ちだけど、敢《あ》えて無視する。

「彩香ちゃんの家、洋菓子店なんでしょ。今度行ってもいい？」

「はい、ぜひ来てください！」

「ちょっと待て」

やっぱり。総士くんは、放置されることには耐えられない性格だ。

「なんか言い返せよ。俺がすげえ意地悪みたいじゃないか」

彼は眉根《まゆね》を寄せ、端整な顔を歪《ゆが》ませる。

「真史先輩。この方もしかして、残念なイケメンですか？」

なんと言えばいいのか。「うん、そうだよ」と言えば笑いの一つもとれるのだろうけど……。

わたしが黙っていると総士くんは、「イケメンなのは正解」と言って振り返った。

「おい京介《きょうすけ》！ ちょっと来いよ」

手招きで、もう一人男子を呼び寄せる。

それに応じてこちらに歩み寄る彼を見た彩香ちゃんは、

「あの方は、渋いですね」

と呟《つぶや》いた。

岩瀬《いわせ》京介くんは、切れ長の目を彩香ちゃんに向けた。

「もしかして、鹿取先輩の妹さん？」

「わたし、そんなに兄と似てますかね」

彩香ちゃんがわたしを見て言うので、率直な感想を伝える。

「うん、結構似てると思う」

そう言われて、とくに嬉しそうではないけど、不満があるわけでもなさそうだ。

「ずっと女子の練習見てたよね。ウミの知り合い？」

京介くんが訊《き》くと、彩香ちゃんはハキハキと答えた。

「はい。真史先輩のおかげで、兄は長年口をきいてなかった友人と仲直りできたんです」

「いや、別にわたしのおかげじゃ……」

「真史先輩のおかげですよ。兄から少し話を聞きました。『鳥飼くんの方から連絡をくれるなんて信じられない。海砂は凄い』って言ってました」

彩香ちゃんはステージに向かって歩きだした。そこに置いてあったコートを着込み、バスケットボールを持って戻ってくる。いつの間にコートを被せて隠していたのか。

彼女はそのまま、フリースローの位置についた。

「わたしにも一回やらせてください。放物線を描くのがいいんですよね。リングにボールを落とすイメージで――」

なんだかんだ言いながら、彩香ちゃんはボールを放り投げる。

ボールはリングのかなり手前で落ちた。

「まあ、入りませんよね」

「当たり前だ。そんなんじゃマグレも起きねぇぞ」

大笑いする総士くんに対して彩香ちゃんは不服そうに、

「えー、なんか悔しいんでもう一回」

「さっきのでなんか手応えあったか？　百回やっても無理！」

彩香ちゃんも総士くんも、朝からよくそんなにはしゃげるなと思う。

わたしと同じく黙って二人の様子を見ていた京介くんは、真面目《まじめ》な表情で口を開いた。

「性格は、お兄さんとはあまり似てないみたいだね」


昼休み。わたしとエナは教室の窓際の席に向かい合って座り、今の時期にふさわしい話をしている。

「クリスマスのイベント時に限り、雪は降ってた方がいいと思うの。タイルじゃなく、雪の上を歩きたいし、サンタクロースが舗装された地面に立ってるのはイヤだなあ。クリスマス感は大事だよ」

エナは穏やかに、

「でも南半球には、ビーチでサーフィンするサンタもいる。いろんなクリスマスがあってもいいじゃない」

週末は総士くんと京介くん、そしてエナと一緒に〈ミュンヘン・クリスマス市〉に行く。

大通公園《おおどおりこうえん》二丁目にクリスマス雑貨やドイツ料理、お菓子などの出店が並び、フィンランドからは本物のサンタが来るらしい。

「そういえば、クリスマスはキリストの誕生日ではないらしいよ」

それは初耳だ。表情で伝わったのかエナは満足げに、

「さっき総士にも同じ話をしたんだけど、大雑把《おおざっぱ》に外国のお祭りとしか思ってなかったみたいで、全然面白くなかった」

それは残念だ。

「じゃあ、キリストはいつ生まれたの？」

「それなんだけど――」

突然教室のドアが勢いよく開き、話は気になるところで中断された。わたしたちはそちらに目を向ける。

「真史先輩！」

今朝体育館で会った例の後輩、彩香ちゃんだ。こちらを見て手を振っている。

エナとわたしは再び顔を見合わせた。

「あの子、どうして急にウミに懐きだしたんだろうね」

それはわたしも知りたい。彩香ちゃんは彼女のお兄さんと歩が仲直りしたのはわたしのおかげだと思っているみたいだけど、だからってバスケ部の朝練に来たり、昼休みに上級

生のクラスに来たりするだろうか。

彩香ちゃんは「今、いいですか？」と手招きしてわたしを呼んでいる。

「ちょっと、行ってくるね」

エナにそう言って立ち上がり、彩香ちゃんのもとへ向かう。彼女は朝会ったときと同様に、満面の笑みだ。

「どうしたの？」

「真史さんって、ポジションはどこですか？　あ、バスケのですよ」

わざわざ今訊きにくるようなことだろうか。この子の考えていることがよくわからない。

「シューティングガードだけど」

「よかった！　そうだったらいいなあって思ってたんです」

「どういうこと？」

わたしが他のポジションだったら、どうだというのか。

彩香ちゃんは満足げに何度か頷いて、

「実は、真史先輩にお願いがありまして。真史先輩、お菓子好きですか？」

好きか嫌いかで言えば好きだけど、とんでもない愛好家を一人知っているのでシンプルにそうだと言い切るのは躊躇《ためら》われる。

「常識の範囲内で、好きだよ」

「よかったぁ。知ってると思いますけど、わたしの家、洋菓子店なんです。クリスマス企画で、お店から出題されたクイズに正解した方先着十名様に〈お菓子の家〉をプレゼントすることになっているんですけど、真史先輩に協力して欲しいんです」

まだイマイチ話が見えてこない。わたしにどうして欲しいのか。

「真史先輩のバッシュを貸してください。今使っているものじゃなくていいので。クイズに使いたいんです」

「それって、バッシュ以外の靴じゃダメなの？　わたしのものである必要性は？」

彩香ちゃんは俯《うつむ》いてしまった。正直、知り合って間もない人にモノを貸すのは抵抗がある。

諦《あきら》めたかなと思ったけど、彼女は顔を上げた。

「靴紐の色の違いで左右が一目でわかる方が、都合がいいんです」

「靴紐くらい、靴屋やスポーツ用品店で安く手に入るよ」

「真史先輩のじゃなきゃダメなんです！」

あ、この子、勢いで押し切る気だ。だからといって、流されるわけにはいかない。

「そうは言ってもね――」

「真史先輩には特別に、お店で公式に発表するよりも先にクイズを教えますので」

それなら貸すのもありかなと少し思った。お菓子の家なんて実際に見たことはないし、歩が通っていた店のものであれば美味《おい》しいに決まっている。でも、わたしはまだ彼女が提案した取引に納得できていない。

「クイズの答えが不正解だったら〈お菓子の家〉は貰《もら》えないってこと？　だったらちょっとイヤだなぁ」

「正直な話――」

急に小声になった。

「かなり本気の〈お菓子の家〉で、結構コストが掛かってます。わたしが無理を言って一つ譲ってもらったんです。真史先輩は特別扱いですが、せめてクイズは解いて欲しいなって。不正解の人に渡してしまうのはさすがに、クイズに正解したお客様に申し訳ないじゃないですか」

「それを聞いちゃうと、わたしだけ特別扱いされるの申し訳ないな」

わたしが一歩引くと、彼女は距離を詰めてきた。

「バッシュを貸してもらえれば、それでいいんです！」

今朝総士くんにからかわれたけど、彩香ちゃんは本当にわたしのファンかもしれない。わたしのバッシュへの執着を見るに、かなり重症なのではないか。

「今回用意する〈お菓子の家〉は、普通に販売するとしたら五千円はとります」

心がかなり揺らぐ。

追い打ちを掛けるように、彩香ちゃんはブレザーのポケットから紙切れを出した。

「うちのお店の五パーセント割引券です。バッシュを貸してくれれば、真史先輩にあげます」

仮にクイズで正解を出せなくても、洋菓子をちょっと安く買える。あの歩が小学生の頃によく食べていた、美味しい洋菓子を。

彩香ちゃんはポケットからもう一枚割引券を出して、わたしに差し出す。

「お願いします。真史先輩のバッシュを貸してください」

わたしは彼女から割引券を二枚受け取った。

「今日は新しいバッシュしか持ってないから、また明日おいで」

「ありがとうございます！　あ、割引券は一つの商品につき一枚のみ有効です」

彼女は丁寧《ていねい》にお辞儀をし、小走りで去っていった。

それを見送ってわたしも教室に戻り、窓際の席で待っていたエナの向かいに座る。

「結構長く話してたね。なにかあったの？」

事情を簡単に説明するとエナは渋い表情で、

「結局、洋菓子につられて、バッシュ貸しちゃうの？」

恐る恐る頷く。この雰囲気、まずい。

「どうして断らないの。鹿取さんの妹だから変なことには使わないんだろうけど、それにしたって知り合ったばかりの子に貸すことないじゃない。もうサイズが小さくて使わないとはいえ、今まで大事にしてたでしょ。練習でも試合でも、そのシューズを履いてたくさん得点を決めてきたのに」

「タダで貸したんじゃないよ。さっきも言ったけど割引券貰ったから。しかも二枚」

「彩香ちゃんの店で五百円のケーキを二個買うとしよう。五パーセント割引券を二枚使えば五十円引き。たったの五十円。ウミはバッシュを貸して、彩香ちゃんの店の売り上げにも貢献することになる。これは公平な取引って言えるかな」

エナは唇《くちびる》を尖《とが》らせる。すっかり機嫌が悪くなってしまった。なんとかなだめようと思い、努めて明るく、

「クイズに正解すればいいんだよ。そうすれば、五千円相当の〈お菓子の家〉が貰えるんだよ。もちろんエナにも分けるから」

「正解できるの?」

「エナも一緒に考えてみない? 〈お菓子の家〉は二人で山分けしよう」

「それで正解を出せればいいけど、わからなかったらウミは――」

エナは体を背もたれに預け、続きを言おうとしない。

昼休み終了のチャイムが鳴り、

「わたしはやめとく。クイズ頑張ってね」

わたしは曖昧《あいまい》に頷き、自分の席に戻った。

翌朝、自分の部屋のカーテンを開けた瞬間、大きなため息が出た。サンタでもうんざりするに違いない量の雪が降っていて、向かいの家すらよく見えない。風はそれほど吹いていないようだけど、試しに窓を開けたら冷気が一気に室内に流れ込んできた。パジャマでは一分も耐えられそうにないのですぐ閉める。急いで部屋を出たけど、これから行く洗面所は家の中で一番寒い。わたしの体感では、あそこは室内ではなく外だ。お湯もなかなか出ないし、憂鬱《ゆううつ》な気分になる。

天気予報によると雪は昼近くまでこの調子で降り続けるらしい。わたしは朝練のため、いつも通りの時間にグレーがかったオフホワイトのコートを着込み、タータンチェックのマフラーを巻く。半《なか》ばやけくそだ。果たして今日は何人体育館に来るだろうか。

玄関口から門まで、足跡は一つもない。新聞配達の人の足跡はとうの昔に消えてしまったのだろう。結構積もっているし雪かきをしてから登校しようか……まあいいや面倒くさい。数分で消えてしまうであろう足跡を残し、家を出る。歩道も降り積もった雪がまだ踏み固められていないため、場所によっては一歩前に出る度にくるぶしの辺りまで雪に埋まる。ハイカットの冬靴が、ぎりぎりのところで雪の侵入を防いでくれた。

なんとか校門まで辿《たど》りつくと、昇降口の庇《ひさし》の下に女子が一人立っているのが見えた。見覚えのある背格好に、高めの位置でまとめられたポニーテール。

「彩香ちゃん」

声を掛けると彼女はこちらを向き、

「真史先輩、おはようございます！」

とわたしの三倍くらい元気な声で挨拶《あいさつ》した。

わたしは小走りで庇の下に入る。コートについた雪を払いながら、

「彩香ちゃんって、運動系の部活に入ってるの？」

「いいえ。美術部です」

なぜか、巨大なキャンバスに絵筆を叩きつける彩香ちゃんの姿が脳裏をよぎった。

「どんな作品をつくっているのか、興味あるな」

「大したことないですよ。こないだはリンゴを描きました」

「わたしからすれば、立体的な絵を描けるってだけでも凄いよ」

「難しいことじゃないですよ。見たまま描けばいいんです」

彩香ちゃんは事もなげに言う。美術の成績が平均以下のわたしにはさっぱりわからない感覚だ。

「というか、随分朝早く学校に来るんだね」

朝の講習に出るか、なにか美術部の活動があるのだろうか。

「真史先輩に、会いに来たんですよ」

わたしは校門の方に目を遣《や》った。さっきまでと変わらず、白と灰色だけで表現できそうな景色が広がっている。果たして彩香ちゃんは本気なのか……。

「あの、バッシュを持ってきていただけましたか？」

「持ってきたけど……」

「ありがとうございます！　あ、とりあえず中に入りましょうか。こんなところでいつまでも立ち話してたら風邪ひいちゃいます」


体育館に女子バスケ部員は一人もいなかった。男子部員は、京介くんを含めて三人。総士くんはいない。

わたしについてきた彩香ちゃんは、

「ほぼ貸し切りですね。先生は来るんですか？」

「来ないよ」

「よかった。実は、真史先輩に被って欲しいものがあるんです」

彩香ちゃんは鞄《かばん》から、赤い布のようなものを取り出した。広げるとそれは縦長の二等辺三角形に見え、先端には白い毛の球体がくっついている。

「どうしてサンタ帽？」

まだクリスマスじゃないというか、そうだったとしても学校でこんなの被りたくない。

「クイズで使う写真を撮りたいんです。お願いします」

「ちょっと待って。それって彩香ちゃんのお店のお客さんに配るんでしょ。わたしの写真を使うのは……」

「大丈夫です。後ろ向きで撮らせてもらうので。これを被って、バッシュを両手に持ってバンザイした状態の写真を撮らせて欲しいんです」

意味がわからない。なにかメッセージ性のある写真でも撮る気なのか。イメージしてみると、かなりマヌケな画だ。

「それ、わたしじゃなきゃダメなの……」

「いや、誰でもいいっていうか、別に人間である必要もないというか」

じゃあやりたくない。わたしが約束したのは、バッシュを貸すことだけだ。

「悪いけど写真はちょっと――」

「練習手伝います。だから、お願いします！」

困った子だなあ。

でも今日の感じだと女子部員は来ないだろうし、手伝ってもらえるなら正直ありがたい。

「手早く撮ってね、恥ずかしいから」

結局、わたしはサンタ帽を被った。両手にバッシュを持って、体育館の隅に移動する。

さすがに、コートのど真ん中でわけのわからない写真を撮るわけにはいかない。

わたしはさっき彩香ちゃんに言われた通り、彼女に背を向ける。

「バッシュのつま先側をこちらに向けて、バンザイしてください。あ、腕は少し広げてください ね。

いいですねぇ。バッチリです」

なにがいいのか。

カメラのシャッター音が鳴ったので、両腕を下ろして振り返る。彩香ちゃんはスマホを見て悩ましげな表情を浮かべていた。

「すみません、ちょっとズレちゃいました。もう一枚お願いします」

「あと一枚だけだよ。練習時間がなくなっちゃう」

「次で絶対に決めます」

再び彩香ちゃんに背を向けて、同じポーズをとる。ほどなくしてシャッター音が鳴り、気が済んだようだ。

「完璧です。ご協力ありがとうございました！」

「じゃあわたし、ジャージに着替えてくるからちょっと待ってて。彩香ちゃんも、頑張って練習を手伝ってね」

「任せてください！」

彩香ちゃんは不安そうだ。

「本当に、ここで立ってるだけでいいんですか？」

わたしはスリーポイントラインの外側で、ペイントエリア内にいる彩香ちゃんと正対している。

彼女のまっすぐ奥にあるゴールを見据えてから、

「そうだ。せっかくだからバンザイしてて」

彼女はなにも言わずに従う。

「そう、動かないでね」

「真史せ――」

ドリブルで彼女に向かって突っ込む。

彼女との間合いが詰まる前に左足を踏み込み、右足の踏み込みと同時にシュート体勢に入る。

真上に跳びながら右手一本でボールを頭上に上げ、手首を返してボールをリリース。高い打点からふわりと浮かせたボールは、放物線を描いてリングに吸い込まれる……予定だった。

「あっ、惜しい！」

そう言って彩香ちゃんは、リングに当たって弾かれたボールを拾いに行く。

「なんですか、今のシュート。片手で打つんですね」

「フローターシュートって言うんだよ。目の前に自分より大きな相手がいても、上手《うま》くやれば得点できる打ち方なの」

「真史先輩より大きい人なんて、あまりいないんじゃないですか」

「それは関係ないよ。わたしは上手くなりたいだけ」

彩香ちゃんはボールをじっと見つめてから、わたしにパスした。

「今度は止めにいきます」

「あ、そういうのいいから。球拾いやってもらっていい？」

「本気ですよ」

「笑ってるじゃない！」

お互いちょっとふざけちゃったけど、彩香ちゃんはわたしの練習を真面目に手伝ってくれて、結構助かった。やっぱり一人だと寂しいし。

最後の一本にしようと決めたジャンプシュートを入れて、練習を切り上げる。彩香ちゃんに「教室に戻っていいよ」と言って更衣室に入ったけど、彼女はわたしの着替えが終わるのを待っていた。

「真史先輩、クリスマスはなにするんですか？」

わたしは、体育館の時計を見た。ちょっとお喋《しゃべ》りするくらいの時間はある。

「当日はなにもしないで家にいるけど、今週の土曜は大通公園でやってるクリスマス市に行くよ」

「彼氏とですか」

「そんな人はいません」

「ホントですか?」

どうして彩香ちゃんに嘘をつかなくてはいけないのか。

「あっ、そうだ。もしクリスマス市に松ぼっくりがあれば、写真を撮って送っていただけませんか?」

「彩香ちゃん、またお願いしてる」

「すみません、お願いってほどのことじゃないんです。別にクリスマス市に行かなくても、松ぼっくりくらい自分でも撮影できますし……」

うちのクリスマスツリーの飾りに松ぼっくりがあれば、大した手間でもないし撮ってあげたんだけど。

「彩香ちゃんの家のお店の飾りには、松ぼっくりないんだ」

「はい、母が松ぼっくり苦手なんです。トライポフォビアなので」

「え、トライ――なんて?」

「集合体恐怖症のことです。小さな穴や斑点《はんてん》などが密集しているものに、嫌悪感を抱くんだそうですよ。バスケットボールなんて表面がぶつぶつしてますから、苦手な人は苦手でしょうね。母の場合、小さな鱗片《りんぺん》の集まりである松ぼっくりも苦手なものの一つなんです」

それは大変だ。焼き肉屋のハチノスも嫌いなのだろうか。

「ところで、松ぼっくりの鱗片一つ一つには種子がついているんですよ。それが風に飛ばされることで、生息地を広げているんだそうです。もちろん、全ての種子が首尾よく発芽できるわけではないので、一つの松ぼっくりでできる限りたくさんの種子をばらまけた方がいいですよね？」

急に松ぼっくりの解説をされてもと思うけど、とりあえず話を合わせるために頷く。

「そのためには、種子のついた鱗片をびっしり隙間なくつける必要があります。それを可能にしているのが、フィボナッチ数列なんです」

また、よくわからない単語が出てきた。数列というからには数学が関係しているのだろう。わたしが苦手とする教科の一つ……。

「そんな難しいものじゃないですよ。〈1〉と〈1〉から始めて、前二項の和が各項の値になる数列のことです」

「彩香ちゃん、もっとわかりやすく」

「〈1、1、2、3、5、8……〉前二つの数字を次々に足してできあがる数列のことです。〈8〉の次はなんだと思いますか?」

「〈5+8〉で、〈13〉かな」

「正解です。この要領でどんどん足していくと、〈21、34、55、89……〉と続いていきます」

「彩香ちゃんは、数学が得意なんだね」

「わたしなんてまだまだです。人に教えられないようじゃ、本当に理解しているとは言えません」

一つ年下の中学一年生にここまで言わせてしまい、申し訳ないような情けないような。

もう数列の話は終わりにしたかったので、

「じゃあもしクリスマス市で松ぼっくりを見かけたら、写真を撮って彩香ちゃんに送ってあげるから」

なんだかもう、ここまできたら最後まで協力して絶対に〈お菓子の家〉を手に入れてやろうと思えてきた。

彩香ちゃんは「ありがとうございます」と言って何度も頭を下げる。そこまで感謝されるほどのことではないのだけど。

「〈お菓子の家〉、楽しみにしてるから」

「自信があるんですね」

彩香ちゃんは急に真顔になった。

「結構難しいですよ。なんたって、クイズはわたしがつくるんですから」

「そうは言っても、お客さん相手に出すクイズでしょ」

正解者が出なかったら、お店の企画は成り立たない。

「真史先輩には、通常より少なめのヒントで答えてもらいます」

「え？　わたし彩香ちゃんに凄く協力してるのに」

通常より多めにヒントをくれてもいいくらいだと思う。

「真史先輩は他のお客さんよりも早くクイズにチャレンジできるわけですから、ご理解ください」

そう固いこと言わずにと言いたいところだけど、まあなんとかなるか。

「わかった。いいよそれで」

「凄い自信ですね。もしかして真史先輩には、こういうときに頼れる人がいるんじゃないですか。例えば――鳥飼さん」

図星を指され、すぐに反応できない。

「やっぱり、そうなんですね」

「彩香ちゃん、もしかして最近歩に会った？」

彼女は首を横に振った。

「四年前、兄と鳥飼さんはよく一緒にいて、ときどきわたしも混ぜてもらっていただけなので。兄を差し置いて、鳥飼さんがわたしと会うことはないですよ。小学生の頃から、信じられないくらい頭の切れる方でした。もちろん、それだけの方ではないと思いますが」


まあとにかく、わたしのつくるクイズなんてあっという間に解かれてしまうでしょう」

彩香ちゃんの言う通り、歩に頼めば答えはすぐに出るだろう。彼は気むずかしい人だけど、〈お菓子の家〉の話を聞けば絶対に協力してくれる。

だけど、いきなり彼を頼る気にはならなかった。

「まずは自分で考えるから」

「もちろんそれは、真史先輩の自由です。でも！」

彩香ちゃんは一歩、わたしとの距離を詰めた。

「わからなかった場合は、鳥飼さんを頼ることをおすすめします。意地を張って〈お菓子の家〉を貰えないなんて、つまらないですよ。わたしは、真史先輩のことを尊敬しているんです。あの変わり者の鳥飼さんが兄に連絡するよう仕向けるなんて、ちょっと普通じゃないですよ」

「仕向けたってほどのことはしてないけど」

彩香ちゃんは体育館の時計を見上げ、わたしもそれに視線を移す。

時刻は、ちょうど八時四十分。

「真史先輩、日曜は学校に来ますか？」

「来るよ。部活があるから」

彩香ちゃんは満足げに頷いた。

「急いで教室に行きましょう。こんなに朝早くに来たのに、遅刻扱いになったらたまったものじゃないです」

教室に入って席につくと、すぐに朝のホームルームが始まった。

一時間目の授業は数学。考えただけで眠くなる。

九時になると担当教師が教壇に立ち、なにやら雑談を始めた。先生の口から『ピタゴラス』という名前の数学者が出てきたとき真っ先に思い浮かんだのは、NHKの有名な教育番組である『ピタゴラスイッチ』。わたしからすれば、本家は『スイッチ』の方だ。

先生はなにやら教材の大きな直角三角形を持ちながら「ピタゴラスの定理」の話を始めたけど、わたしの意識は段々と遠のき、目を覚ますと二時間目の国語が始まるところだった。

わたしは一度も、海外を訪れたことがない。それでも三角屋根の出店や、蒼い瞳の店員さんがクリスマス雑貨などを販売する様子に、ヨーロッパらしさを感じた。三角屋根と言っても木造のプレハブにそれっぽく見える三角の板を取り付けたものなので、厳密に言えば三角屋根ではない。でもそれは、見て見ぬふりをしておこう。

「本家のイギリスも、こんな感じなのかな」

「ミュンヘンはドイツ」

エナが総士くんにツッコミを入れる。

わたしたちは予定通り、大通公園二丁目で行われる〈ミュンヘン・クリスマス市〉に来ている。土曜日の夕方ということもあって、会場は大変な賑《にぎ》わいだ。地面に積もった雪が反射する光は柔らかく、今降っている雪は目の前の光景を滲《にじ》ませて幻想的な雰囲気を醸《かも》し出している。

「総士くん、有原《ありはら》さんとじゃなくてよかったの？」

総士くんは他校の女子と付き合っていて、一ヶ月ほど前にわたしとエナは彼女と偶然出会っている。ロングヘアの綺麗な女子だ。

「奏《かなで》とは来週来るから」

「じゃあ、先に来といてよかったね。危うく彼女の前で恥をかくところだった。ミュンヘンはドイツだから、間違えちゃダメだよ」

わたしがそう言うとエナも、

「サンタはフィンランドから来てるからね。ミュンヘン、ドイツ。サンタ、フィンランド。ミュンヘン、ドイツ。サンタ――」

「わかったわかった！　もう覚えたから。まったくお前らは」

そのときわたしは、例の赤い奴を視界にとらえた。

「エナ、あっちにサンタいる」

「現われたか。急いで写真撮らないと」

総士くんは少し寂しそうに「俺に飽きるのが早過ぎる……」と呟いて辺りを見回す。

「あれ、京介は？」

わたしとエナも見回したけど、見当たらない。

「迷子かぁ」

「総士じゃないんだから」

「俺が一度でもお前らの前で迷子になったことがあったか？　方向感覚には結構自信が――」

「あっ、いた！」

エナはドイツのお菓子を売っているお店を指した。

わたしたちは京介くんのもとへ駆け寄る。彼の前には、大小様々なお菓子の家があった。

「なんだよ京介。これ欲しいのか？」

「いや、そういうわけじゃないんだ。この店の前で鳥飼くんっぽい人を見かけてね」

「えっ、その人って」

お菓子の家を吟味《ぎんみ》する歩の姿が脳裏をよぎる。違和感はまったくない。

「近くで見たらやっぱり鳥飼くんで、声を掛けても最初は気づいてもらえなかった。ものすごく真剣に、お菓子の家を見ていたよ」

「十個くらい買ったのかな」

総士くんがテキトーな感じで言うとエナが、

「いくらなんでも、そんなに食べきれないでしょ」

「実際、鳥飼くんが買ったのは中くらいのものを一つだけだった。ウミたちと一緒に来てるから会っていかないかと訊いたら、『忙しいから』とすぐにこの場を離れてしまったよ」

まあ歩は、わたしたちと仲良くクリスマス市を見てまわろうなんて気は起こさないだろう。

「なんか別れ際に、変なことを訊かれたよ」

「いつも変なんじゃないの？」

「エナ、歩だっていつも変なわけじゃ――」

と言いかけたものの、自信を持って歩のことを擁護《ようご》できなかった。変なのは間違いないから、しょうがない。

「好きな都市はどこか訊かれた。すぐには思いつかなかったけど『碁盤の目状だと、道に迷わなくていいよね』って答えると、鳥飼くんは満足そうに二、三度頷いていた」

「え、なんだよそれ」

総士くんの疑問に答えられる人は誰もいない。鳥飼歩だからということで、納得するしかない。

「それよりも、早くサンタの写真撮りに行こうよ」

エナに急《せ》かされて、わたしたちはサンタのもとへ小走りで駆け寄る。ちょっとした人だかりができていて、中国語と思われる言葉で会話している家族もいた。わたしは彼らに「テイクピクチャープリーズ」と頼まれたのでカメラを受け取り、サンタが中心になるようにレンズを向ける。サンタは、頭がぐるっと巻いている魔法使いのような杖を持っているけど、わたしとしてはキャンディでできているやつを持っていて欲しかった。でもそれだとすぐに折れてしまいそうだし、実用的ではないのだろう。「はい、チーズ」を英語で咄嗟《とっさ》に言えず、もちろん中国語もわからないため結局日本語で彼らに伝え、シャッターを押した。

「できれば、撮り直して欲しかったなあ」

総士くんはスマホの画面を見ながら呟く。さっきの家族の父親にわたしたち四人とサン夕の写真を撮ってもらったけど、総士くんだけ完全に目をつぶっていた。正直、かなり面白い。

「じゃあそう言えばよかったじゃない。中国語か英語で」

エナはそう言って、ホットチョコレートに口をつけた。

「エナが言ってくれればよかったじゃないか。英語得意だろ」

「わたしはちゃんと写ってたから」

「冷たい……。ウミ、どう思う。お前の相方ちょっとひどくない？」

わたしは思わず笑ってしまい、

「一人くらい面白い顔してた方がいいよ。ていうか、本当はわざとでしょ？　笑いを貪欲《どんよく》にとりにいく姿勢、嫌いじゃないよ」

「俺も、良い写真だと思う。プリントアウトして、フォトフレームに入れて飾りなよ」

京介くんも、涼しい顔でわたしとエナに加勢した。

「本当にお前ら、俺のことなんだと思って——」

わたしは総士くんの話を最後まで聞かず、キラキラ輝くガラス製の雪だるまやクリスマスツリーなどを売っているお店に吸い寄せられた。

わたしの後を追って隣に来たエナが白い息を吐きながら、

「なにか欲しいものあった？」

「全部かわいいから欲しいんだけど」

わたしは、棚に置かれている金色に塗装された松ぼっくりを手に取った。

「それ、売り物じゃないんじゃない？　値札ついてないし。お店の飾りだよきっと」

「松ぼっくりがあれば写真を撮って送って欲しいって、彩香ちゃんに頼まれたんだ」

「また頼みごとされたの。お人好しだね」

エナは、唇を尖らせている。

「まあ、ついでだから……」

わたしはスマホを取り出し、写真を撮った。

「クイズに正解できたら、〈お菓子の家〉をエナにもあげるから。一緒に食べよ」

エナは間を置いて、

「うん。楽しみにしてる」

微笑《ほほえ》みを浮かべる彼女の横顔を見て、少し安心した。

「おい、急にいなくなるなよ。京介みたいに迷子になっちまうぞ」

「俺は別に、迷子になってたわけじゃない」

わたしとエナは振り返って、

「ちゃんとついてこないのが悪いんだよ。ね、エナ」

「というか、いなくなったのは総士と京介だから」

男子二人に、少し呆《あき》れたように笑われた。

翌日の夕方、日曜日のバスケ部の練習のため学校へ行くと、靴箱に封筒が入っていた。それにはサンタとトナカイが印刷されていて、差出人は彩香ちゃん。

帰宅して自分の部屋で封筒を開けると、六枚の写真が出てきた。他にはなにも入っていない。とりあえず写真を机に並べてみたけど、はっきり言って意味がわからない。

途方に暮れていると、スマホが彩香ちゃんからのメッセージを受信した。

封筒の中身はもう見たかという内容だったので、今ちょうど六枚の写真が目の前にあると返信すると、

「中身の確認をさせてください。まず、クリスマスツリー、サンタ帽、枕が写っている写真が三枚ありますよね？」

その三枚を、手元に引き寄せる。

クリスマスツリーの下の方にわたしのバッシュの片方、左足のシューズを靴紐で結わえ付けてある写真。

サンタ帽を被って背中を向けたわたしが左手に左足のバッシュ、右手に右足のそれを持ってバンザイしている写真。バッシュのつま先側をカメラに向けている。

枕元にバッシュが一足、つま先を布団《ふとん》の方に向けて置かれている写真。枕が写真の右端

に寄せられ、左右のバッシュには不自然な間隔がある。サンタがクリスマスプレゼントを置いたにしては不自然だ。ベッドに立って撮影したのか、写真の下の方に撮影者の足の指先も写っている。

「その三枚を見て、次に、二枚ある雪だるまの写真のうち、どちらが正解か当ててください。二択だと当てずっぽうでも正解できちゃうので、ちゃんと理由も考えてくださいね」

雪だるまの写真は両方とも左右に木の枝が刺さっていて、右の方が長い。左右の枝にそれぞれバッシュがつま先側をカメラに向け、引っ掛けられている。

二枚とも同じに見えるけど、よく見たらバッシュの位置が違う。一方は向かって左の枝に左足のバッシュ、右の枝には右足のそれが引っ掛けられているけど、もう一方は逆だ。左の枝に右足のバッシュ、右の枝に左足のそれが引っ掛けられている。

今のところ、どっちが正解かと言われてもさっぱりわからない。

「今まで確認した五枚には、線が引かれていますよね？」

彩香ちゃんの言う通り、縦に四つ、横に三つの正方形ができるよう線が引かれている。

「十二分割された写真のどこにバッシュがあるのか。それがヒントです」

わたしは一旦スマホを机の脇に置き、ノートを広げて五つの図を書いた。

＊

・クリスマスツリー

	左	

・サンタ帽

左		右

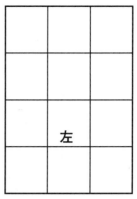

・枕

右	左	

・雪だるまの写真が二枚。どちらかが正解……

		右
左		

		左
右		

＊

しばらく眺めてみたけど、わかったことはとくにない。

もう一度スマホを手に取ると、新しいメッセージが来ていた。

［松ぼっくりの写真も、ヒントになります］

残っている一枚は、金色に塗装された松ぼっくりの写真。わたしが昨日クリスマス市で撮ったものだ。これには、線は引かれていない。

これもヒントだと言われても、今のところさっぱりわからない。彩香ちゃん、本気出し過ぎだよ。

いつまでに解けばいいのか質問すると、

［水曜日までにお願いします］

突然、電話が鳴る。相手の名前が表示されない。

番号の先頭が〈011〉だから、市内からの電話だ。

もしかしてと思いつつ、恐る恐る電話に出る。

「真史先輩！」

まあ、そんな気はしていたけど。

「彩香ちゃん、どうしたの急に」

「よく考えてみたら、ヒントが足りないなと思いまして」

「それで、わざわざ電話してきたの？」

口で説明しなきゃいけないようなヒントということか。

「はい。それではちょっと早いですが、おやすみなさい、真史先輩」

電話の調子が悪いのか、わたしの耳の調子が悪いのか。

「ごめん彩香ちゃん、聞こえなかった」

「あ、失礼しました。もう一度言いますね。おやすみなさい、真史先輩」

「その前になにを言ったか知りたいの」

「真史先輩、わたしはとくになにも言ってませんよ。ヒントはもう出し終えてますから」

「彩香ちゃん、もしかして調子悪い？」

「いいえ、わたしはいつでも元気です。あっ、お風呂が沸いたみたい。それでは真史先輩、また学校でお会いしましょう」

一方的に通話を切られた。ヒントはもう出し終えている――らしい。

わたしはベッドに寝転んだまま、彩香ちゃんから送られてきた写真を眺める。できることなら、自分で解きたい。歩に手伝ってもらったら当然彼にも〈お菓子の家〉を貰う権利がある。わたしの分け前が減るのは全然問題ない。だけど、エナの分が減るのは、ちょっとイヤだ。

わたしが一人で解ければ、その方がいい。わたしが解いてエナと〈お菓子の家〉を半分ずつ分けて、それを歩に自慢し悔しがらせるのも悪くないではないか。

お母さんに呼ばれ、夕飯ができたようなので一階へ下りる。就寝するまでに必ず、クイズを解くと心に決めた。

彩香ちゃんからクイズが出題されてから二日が経った。わたしは今、宮《みや》の森《もり》の住宅街の一角にあるクリーム色の家の前に立っている。明日までに答えを出さなくてはいけないのだから、しょうがない。

歩に事情を説明すると、思った通り彼はあっさり食いついた。でも、分け前の話をすると予想外なことに彼は「少しその〈お菓子の家〉を貸してもらえれば、僕は食べなくてもいい」と言う。とうとう、ドクターストップがかかってしまったのか。心配して訊いてみると、「今回のプロジェクトは壮大過ぎて、いくらなんでも食べきれない」とのこと。先週の土曜日に歩がクリスマス市でお菓子の家を買っていたのを、京介くんが目撃している。そのことから彼が今なにをしているかなんとなく想像できたものの、それは割と非現実的な光景だ。まさかと思いつつ彼が進めているプロジェクトについて具体的に質問すると途中で遮《さえぎ》られ、「見る気があるなら、家に来い」と通話を切られた。

門扉《もんぴ》の横にあるインターホンを押すと「鍵は開いている。二階に上がってこい」と言われた。九月に彼と九年ぶりの再会を果たして以降、ダイニング以外の場所に通されるのは初めてだ。たぶん歩は、誰もが一度は想像してみるけど実行には移さないことをやっているのだろう。もう、彼がなにをやっていてもたぶん驚かない。

玄関で靴を脱ぎ、螺旋《らせん》階段を上る。踏み板は艶《つや》のある飴色《あめいろ》の木材で、埃《ほこり》一つ落ちていない。お洒落《しゃれ》な生活も大変だと思いつつ上りきると、奥の部屋のドアが開いて歩が顔を出した。

「とりあえず、入れ」

彼はすぐに部屋へ引っ込み、ドアを閉めてしまった。すぐにわたしも部屋に入るのだから、開けておいてくれればいいのに。いや、これは彼なりの演出だろうか。

ドアを開け目の前に広がった光景は、予想を遙《はる》かに上回っていた。

「お菓子の家で碁盤の目状の町をつくった。袋小路もつくろうと思っていたんだが、スペースや手間などいくつか問題があってな」

わたしの部屋より広いから少なくとも六畳以上のスペースに、クッキーやチョコでつくられたお菓子の町が広がっている。それは高さが五センチくらいの木製の台の上にあった。台は、自分でつくったのだろうか。どう考えても、ドアや窓からこの部屋に入れることはできそうにない。よく見ると駅や商店のように見えるものもあり、狂気すら感じられる。

「ここ、歩の部屋なの？」

「そんなわけないだろ、寝るスペースがないじゃないか。この部屋は誰も使っていないから、好きにさせてもらってる」

ここまで好きにやってくれるなら、ご家族の方も本望なのだろうか。わたしからは「凄いね」としか言えない。

しばらく町並みを眺めていると左奥の方に、三角屋根に十字架がくっついている建物が目についた。

それを控えめに指さして、

「あれは、教会だよね？」

「その通り。奥から二段目、左から三列目のブロックに配置した。洒落てるだろ」

「うん、お洒落だと思うよ。ＲＰＧのセーブポイントみたいで」

歩は露骨《ろこつ》に不満そうな表情を浮かべた。

「いや、これはピタゴラスの――まあそれはいい」

わたしもそこまで興味がないので、無理に説明は求めない。

「通りには、人や車なども配置する予定だ。さすがにそれはお菓子ではないが」

整然と並べられたお菓子の家は、全て透明のビニールに入れられている。町が完成したら取り出すのだろうか。それだけでも面倒くさそうだ。

「ここにあるお菓子の家、どのくらい自分でつくったの？」

「店で購入したものと、半々くらいかな。

撮影したいのであれば、町が完成してからにしてくれよ。僕は今悩んでいるんだ。鹿取の店の〈お菓子の家〉をどこに配置するか。まあ、実物を見ないことには決められないのだが」

歩はその場に座り込んだ。

「さあ、鹿取の妹が考えたというクイズを解こう。今回は実に気楽だ。なにせご丁寧に、明確な正解が予《あらかじ》め用意されているのだから」

わたしもその場に座る。

「わたしは全然わからなかった。だから言うわけじゃないけど、彩香ちゃんのつくったクイズって、本当にきちんと解けるものなのかな」

「それは心配要らないと思う。僕は四年前、鹿取の妹に何度か会ったことがあるが、かなり聡《さと》いし、公正な子だという印象を受けた。引っ掛けのような理不尽な問題はつくらないだろう」

歩に、彩香ちゃんの知性を疑う素振《そぶ》りは一切ない。彼にここまで言わせるのだから、わたしがクイズを解けなかったのは、単にわたしの知性が足りなかったからだろう。

わたしは鞄から、封筒を取り出した。中には、彩香ちゃんがクイズのために用意した六枚の写真が入っている。歩はそれを黙って受け取り、中身の写真を床に並べた。

わたしはそのうち三枚を歩の方に寄せ、彼はそれらをじっと見る。

「どれもクリスマスらしい写真だな。運動靴の片方が結わえ付けられているクリスマスツリー。後ろ向きで、運動靴を片方ずつ両手に持ってバンザイするサンタ帽を被った女。枕元に置かれた一足の運動靴。運動靴は、バスケットシューズか？」

「うん。わたしのバッシュだよ」

「靴紐の色が違うな。バッシュとは、どれもこういうものなのか？」

わたしは首を横に振って、

「ただの、わたしのこだわり」

さして興味もなさそうに歩は頷いた。

「赤が左足で、青が右足のバッシュだな。クリスマスツリーに結わえ付けられているのは、左足のバッシュか」

「この三枚を見て、正解を当てて欲しいんだって」

わたしは二枚ある雪だるまの写真をぴったりとくっつけて、

「正解は、この二枚のうちのどちらか。理由も考えて欲しいんだって」

歩は少し背中を曲げ、目を見開いて写真を見つめた。

「両方とも雪だるまの胴体の左右に一本ずつ枝が刺さっている。枝の長さは共通して、右の方が長い。

それぞれの枝に、バッシュが片方ずつ引っ掛けられているな。二枚の写真の違いは、左右のバッシュがどちらの枝に引っ掛かっているかだけに見える。さっきの三枚の写真も含め、線が引かれているのもなにか意味がありそうだ。それぞれの写真が、十二分割されている」

「『十二分割された写真のどこにバッシュがあるのか』が、ヒントなんだって」

先日自分で五つの図を書いた紙を鞄から取り出し、歩に見せる。

彼はそれを、しばらく黙って見つめていた。

わたしは残った一枚の写真を雪だるまの写真に寄せて、

「線が引かれていない写真はこれだけ。

この金色の松ぼっくりの写真も、ヒントなんだって。これは土曜日、クリスマス市でわたしが撮ったの」

「ヒントは、もう終わりか？」

「もう一つあるんだけど、なんて言えばいいのか……。一昨日《おととい》の夜、彩香ちゃんから電話があったんだけど」

歩は写真から目を離さず、

「内容は?」

「とくになかった。おかしいと思って彩香ちゃんに訊いても、『ヒントはもう出し終えてますから』って言うし」

「真史に電話を掛けたこと自体がヒントになっている、ということだろうか。電話があったのは何時くらいだ?」

「夜の九時くらい、だったかな」

「スマホを見れば正確な時間がわかるだろ。確認してくれ」

「掛かってきたのは、九時七分だね」

「九時七分、二十一時七分」

意味ありげに言ったのでわたしは期待して、

「どう、なにかわかった?」

「いや、なにも。とりあえず、電話の件は置いておくか」

そうか、それは残念。

数分間、お互い言葉もなく六枚の写真を見つめる。

外が凄く寒かったからすぐには気づかなかったけど、この部屋もかなり寒い。お菓子の町を長期保存するためだろう。できれば暖房のきいた部屋に移動したいと歩に言おうとしたところで、彼は口を開いた。

「松ぼっくりの写真は真史が撮ったと言ったな。なにか鹿取の妹から細かい指定はあったか?」

「松ぼっくりを撮って欲しいとしか言われてないよ」

「なるほど。別に、金色である必要はなかったわけだな。わざわざ真史にクリスマス市で撮影させたのは、単に鹿取家のクリスマス飾りに松ぼっくりがなかったためだろうか」

「そうみたいだよ。彩香ちゃんのお母さんが、トライ……ええと」

「トライポフォビア。集合体恐怖症か」

今の話で思い出した。松ぼっくりが種子のついた鱗片をびっしり隙間なくつけられるのは、フィボナッチ数列が関係しているらしい。体育館で写真を撮った日に彩香ちゃんがそう言っていたけど、松ぼっくりの秘密はわからないままだった。

歩なら知っているかもしれないと思い、ちょっと話は逸れるけど訊いてみた。

彼はとくに考える様子も見せずに、

「ああ、松ぼっくりだけじゃなく向日葵《ひまわり》なんかもそうなんだが——」

ここまで言って、歩は口元に掌《てのひら》を当てた。

数分後、彼は胸ポケットからペンを出し、わたしの書いた図を手元に引き寄せて、

「ヒント以外の写真全てに写っている真史のバッシュを、文字や数字、もしくはその他の記号に置き換える。素直にそう考えていいんじゃないか。販促のためにつくったクイズを

過度に難しくしてもしょうがないからな」

「なんだか、暗号みたい」

「それは、違うかな」

歩は図に、数字を書き足していく。

「暗号とは、通信の内容が鍵を持つ当事者以外に漏《も》れないようつくられるものだ。今日の前にある問題は、二枚の写真から一つ選ぶだけで、とくに内容はない。ただのクイズだよ」

「そっか。まあ、洋菓子店のプレゼント企画だもんね」

「ところで、昨晩鹿取の妹から電話が掛かってきたと言ったが、履歴に番号は残っているか？　アプリで通話したのなら、僕の考えは外れていることになるが」

「アプリじゃないよ。実は知らない番号から掛かってきたから、電話に出るのを少し躊躇ったの。家の固定電話から掛けてきたみたいで」

歩は満足げに頷いた。彼には一体、なにが見えているのか。

「クイズの正解がわかった」

歩が図を差し出したので、わたしはそれを受け取った。

・クリスマスツリー

1	2	3
4	5	6
7	8 左	9
＊	0	#

＊

・サンタ帽

1 左	2	3 右
4	5	6
7	8	9
＊	0	#

・枕

1 右	2 左	3
4	5	6
7	8	9
*	0	#

・雪だるまの写真が二枚。どちらかが正解……

1	2	3 右
4 左	5	6
7	8	9
*	0	#

1	2	3 左
4 右	5	6
7	8	9
*	0	#

＊

「どうして、こういう並びでマス目に数字や記号が入るの？」

「鹿取の妹から、ヒントとして電話が掛かってきたと言ったじゃないか。

なぜ鹿取の妹が真史と連絡をとるのに固定電話を使ったのか、よく考えてみろ。レトロ趣味でもない限り、家の電話がダイヤル式の黒電話ということはないだろう。おそらく鹿取の妹は、真史のスマホの番号を押して電話を掛けた」

プッシュホンのボタンを押す彩香ちゃんをイメージする。数字が書かれたボタンを――。

「電話のキーの並びを当てはめたんだ！　この図をもとにバッシュを数字に置き換えるとすると、クリスマスツリーのバッシュが〈8〉、サンタ帽のバッシュが〈13〉、枕元のバッシュが〈12〉」

「枕元のバッシュの置き換えは、それじゃおかしいだろ」

「あ、そっか。左のバッシュの数字を左に、つまり十の位にするんだ。そうすると枕元のバッシュは〈21〉だね」

「二枚ある雪だるまの写真のバッシュを数字に置き換えると、〈43〉と〈34〉。もう、わかっただろ？」

そうか、これは『〈1〉と〈1〉から始めて』『前二つの数字を次々に足してできあがる』、フィボナッチ数列なのだ。〈1、1、2、3、5、8、13、21……〉。

「正解は、〈34〉の方だね」

クイズが解けた。

〈お菓子の家〉を貰えることになったと、エナにも教えてあげたい。はやる気持ちを抑えきれずスマホを手に取ったけど、今連絡するのはやめておく。まずは明日、歩の出した解答が正しいか彩香ちゃんに確かめないと。でも、不正解である可能性はほぼないだろう。

歩は涼しい顔で、

「〈お菓子の家〉を貰ったら、まずはこの部屋で撮影をさせてくれよ。その後は、好きにしてもらって構わない」

彼にとっては、なんてことないクイズだったようだ。

「そういえば松ぼっくりの鱗片のつき方とフィボナッチ数列って、どういう関係なの？」

歩はいかにも面倒だという感じでため息をついて、

「自分で調べてくれ。僕は君の家庭教師じゃないぞ」

さっきは教えてくれようとしていたのに。

まあ、別にいいけど。

翌日の昼休み、わたしの教室を訪ねてきた彩香ちゃんにクイズの解答を伝えた。

「正解です！〈お菓子の家〉ゲットですね」

わたしは小さくガッツポーズした。

「一人で解けました？」

見栄を張るのは歩に失礼な気がするので正直に、

「歩に解いてもらった」

ズルではない。歩に解いてもらってもいいと言ったのは、彩香ちゃんだ。

「やっぱり、そうなりますよね」

なんだか勝ち誇ったような顔で言われ、ちょっと悔しい。

「もう一問、解いてみませんか？　お時間は取らせませんので」

彩香ちゃんは制服のポケットから写真を二枚取り出した。

またかと思いつつ、彩香ちゃんから受け取った。

左足のバッシュが〈2〉の位置にある写真と、〈3〉の位置にある写真。両方とも学習机の上に置かれ、写真の右下には三角定規が一つ写っている。クリスマスらしさはまったくない。急な思いつきで撮ったのだろうか。

「真史先輩は、どっちですか？」

なにを言っているのかと一瞬思ったけど、今回はすぐにわかった。こないだ彩香ちゃんに、バスケのポジションを訊かれたではないか。

わたしは〈2〉の写真を指さして、

「こっちかな。シューティングガードのポジション番号は二だからね」

「当たりです。ちょっと簡単過ぎましたね」

とくに達成感はない。

「あっそうだ、これお返ししますね」

わたしは彩香ちゃんからバッシュを受け取った。これで用事も済んだし、〈お菓子の家〉が貰えることをエナに教えてあげよう。そう思って振り向きかけたところで、「あの！」と彩香ちゃんにブレザーの裾《すそ》を引っ張られた。

「同じことを、鳥飼さんに訊いてきてもらってもいいですか？」

どういうことだろう。実は歩も、わたしが知らないだけでバスケ経験者なのか。それともバスケ関係なく、彼に深くかかわる数字があって、それが〈2〉と〈3〉どちらなのかを知りたい、ということかな。

「わたしが訊くよりも、自分で訊いた方がいいんじゃない？」

お兄さんと歩が仲直りしたというなら、彩香ちゃんだって彼と話す機会をつくることはできるはずだ。

「わたしが訊いたって、鳥飼さんは真剣に考えてくれませんよ」

「いや、そんなことは……というか、真剣にってなに?」

頭を抱えて考え込むような問題とは思えない。

「鳥飼さんとわたしが友達だったら、くだらないことだろうがなんだろうが自分で訊きます。兄と鳥飼さんの仲が悪くなっても、わたしにはなんの影響もなかったはずなんです。でも、そんなことはなかった。

わたしは鳥飼さんにとって、鹿取一樹の妹でしかないんです」

彩香ちゃんの表情が曇《くも》ったのは、ほんの一瞬だった。

すぐに笑顔を取り戻し、

「もう昼休み終わっちゃいますね。それでは!」

彼女は小走りで去っていった。

*

真史が持ってきた、鹿取の店の〈お菓子の家〉は見事なものだった。三角屋根に煙突《えんとつ》のついたレンガ調の家で、正面の扉の横にサンタクロースが配置されている。アイシングで屋根に積もった雪や氷柱《つらら》を表現しており、芸が細かい。窓ガラスは飴でつくられており、まるで本物のような透明感がある。一切の連絡手段を断ってこのような家に籠《こ》もり、一冬を過ごすのも悪くない。

だが、見事な洋菓子を前にして、僕は今、少々頭を悩ませている。

先日、僕は真史に『暗号とは、通信の内容が鍵を持つ当事者以外に漏れないようつくられるもの』と言った。鹿取の妹の考えた問題は、メッセージ性のないただのクイズだと思っていたのだ。

真史は〈お菓子の家〉とともに、二枚の写真を持ってきた。唐突に「〈2〉と〈3〉、どちらかの写真を選んで欲しい」と言われても、選べるはずがない。心理テストの類《たぐ》いではないだろうと思って真史と話しているうちに、彼女は〈2〉の写真を選んだと知った。

すぐにはピンとこず、僕が鹿取の妹の狙いを理解できたのは、真史が辞去してからのことだ。鹿取の妹に対し、年の割に聡明だという印象を抱いていたものの、このような迂遠《うえん》な方法を考えるとは意外だった。

先日のクイズを真史の前で僕が解く。その上で後日、真史に〈2〉を選ばせる。この手順を経ることで、今日の前にある〈2〉と〈3〉の写真は出題者である鹿取の妹の問いに変換される。

先日の問題は、バッシュと一緒に写っているものに深い意味はなかった。今の時期に店の客に出すクイズだから、クリスマスを連想させるものを写したのだろう。

だからといって、新たな二枚の写真に写っている直角三角形の定規に注意を払わなかったのは不覚だった。

直角三角形の底辺の二乗と高さの二乗の合計は斜辺の二乗に等しいという定理は、ピタゴラスの定理と呼ばれ、あまりに有名だ。

ピタゴラスが今回のキーワードだと考えると、〈2〉と〈3〉は特別な数字になる。

古代ギリシャ哲学の一派であるピタゴラス学派は、最初の偶数である〈2〉は女性、次の奇数〈3〉は男性、この二つの数字の和である〈5〉は『女性＋男性』ということで、結婚を意味する数字とした。〈2〉と〈3〉の積である〈6〉は、『女性×男性』で恋愛を意味する数字となるらしい。

お菓子の町で教会を奥から二段目、左から三列目のブロックに配置したのは、そうしたことを踏まえた遊び心からだった。

おそらく鹿取の妹は、僕が真史のことをどう思っているのかを知りたがっているのだろう。

既に彼女は、真史に〈2〉を選ばせている。

その上で僕が〈3〉を選べば、結婚なのか恋愛なのかはともかく、僕が真史を特別な存在として考えているという風に受け取られるだろう。

鹿取の妹はもっと他に、やりようがあったのではないか。彼女の兄と僕の不和は解消される目処《めど》が立っているのだから、これから彼女と直接顔を合わせる機会だってあるだろう。

このような質問はごく一般的な交流を何度か重ねた上で、僕に直接訊くべきだ。

しかし、実際そのようにされたとして、僕ははぐらかすことなく真面目に答えるだろうか――。

今回のやり方は一見まわりくどいが、僕からなんらかの回答を引き出そうと考えてのことなら、かなり上手い方法だと感心させられもする。もし無視したり、問題の意味がわからないと答えれば、まるでこの僕が鹿取の妹に敗北したかのようではないか。

もちろんそんな些末《さまつ》なプライドは捨て、敗者の立場を受け入れるのもありだ。だがその道を選べば鹿取の妹は絶対に傷つかないと、果たして言い切れるだろうか。

僕は、鹿取の妹に返答しなくてはいけない。

だがどう答えればいいかわからないまま、かなりの時間を浪費してしまっている。

〈3〉ではないと答えれば、鹿取の妹に虚《むな》しい期待をさせてしまうかもしれない。

……果たしてそれだけだろうか？

『〈3〉ではない』と、『真史は特別な存在ではない』と鹿取の妹に返答する気になれない理由は。

彼女の連絡先がわからないので、彼女の兄に短いメッセージを送る。

［『a÷0』と、妹に伝えろ］

この式は、計算が定義されない。

ａが『０』以外なら答えは一つもなく、『０』なら答えは無数に存在する。
正解にはほど遠い。
だが、仕方がない。
現時点で僕は、このようにしか答えられないのだから。

第三話　作者不詳

今年最後の授業で、わたしはタマネギのような形の花瓶を凝視している。たぶん家に帰って一息ついた後でも、頭の中でそれの色や形をかなり正確に再現できるだろう。

それなのにわたしの右手から生まれるデッサンは、花瓶にもタマネギにも見えない。

美術の授業が始まるとクラスの生徒は六人一組のグループに分けられ、それぞれのグループで机を向かい合わせにくっつけた。今、室内には給食の時間と同じ感じで、机でできた島が五つある。それぞれの島の中央には静物画のモチーフが置かれ、みんなそれを観察しつつ黙って鉛筆を動かす。

同じグループでわたしの正面にいる総士くんは、普段は見せない真剣な表情で花瓶と静かな格闘をしている。彼にとって美術は、体育に次ぐ得意科目なのだ。

わたしは再び、自分のデッサンに目を落とす。

制限時間に少し余裕はあるけど、これ以上どうしようもないのは明らかだ。

観念して、鉛筆を机に置いた。

次のデッサンを行うためグループ間でモチーフをシャッフルしているときに、担当教師の柳賢治《やなぎけんじ》先生がわたしたちのグループの絵を見に来た。白髪《しらが》頭の柳先生は、今年度で定年退職すると聞いている。

縁のないメガネの奥にある先生の垂れ目は、まず総士くんのスケッチブックを見つめた。

先生は穏やかな声で、

「相変わらず、田口くんは上手だなあ。どこかで絵を習ったことがあるの？」

「いえ、ありませ――ックション！」

グループの視線が、盛大なくしゃみをした総士くんに集まる。

「ちょっと寒いかな」

柳先生は心配そうに、わたしたちの顔を見回した。

「ここは別に寒くないんですけど、準備室で体が冷えました」

総士くんはグループを代表して、絵のモチーフを取りに美術準備室に入っていた。そこは美術室の隣にあり、後方の開き戸で行き来することができる。

柳先生は笑みを浮かべ、

「あそこの暖房は先週から調子が悪くてね。修理業者もすぐには来られないみたいだし、困ったものだよ」

壊れていなかったとしても、準備室の暖房はつけていなかったと思う。モチーフを取りに行って、返すだけだし。

先生が、今度はわたしのもとに歩み寄ってきた。花瓶にもタマネギにも見えないなにかに対し、先生はなんて言うだろう。

沈黙が続く。

いっそのことスルーしてくれないかなと思い出した頃、先生がようやく口を開いた。

「独創的だね」

わたしの正面にいる総士くんは、スケッチブックで顔を隠し、肩を震わせ笑っている。総士くん、わたしは結構根に持つタイプだからね。

終業のチャイムが鳴ると先生は、

「机はそのままにしておいて結構です。あ、モチーフは準備室の机に戻しておいてくださいね」

モチーフを返すくらいすぐに済むことだけど、じゃんけんで負けた人が準備室へ行く流れになり、メンバー全員で勝負した。あいこに次ぐあいこを経て、わたしは花瓶を胸に抱え準備室へ向かう。別に、悔しくはない。

後方の開き戸から準備室に入ると、たしかにかなり寒さを感じる。

わたし以外、誰もいない。わたしたちが長々とじゃんけんをしている間に、他のグルー

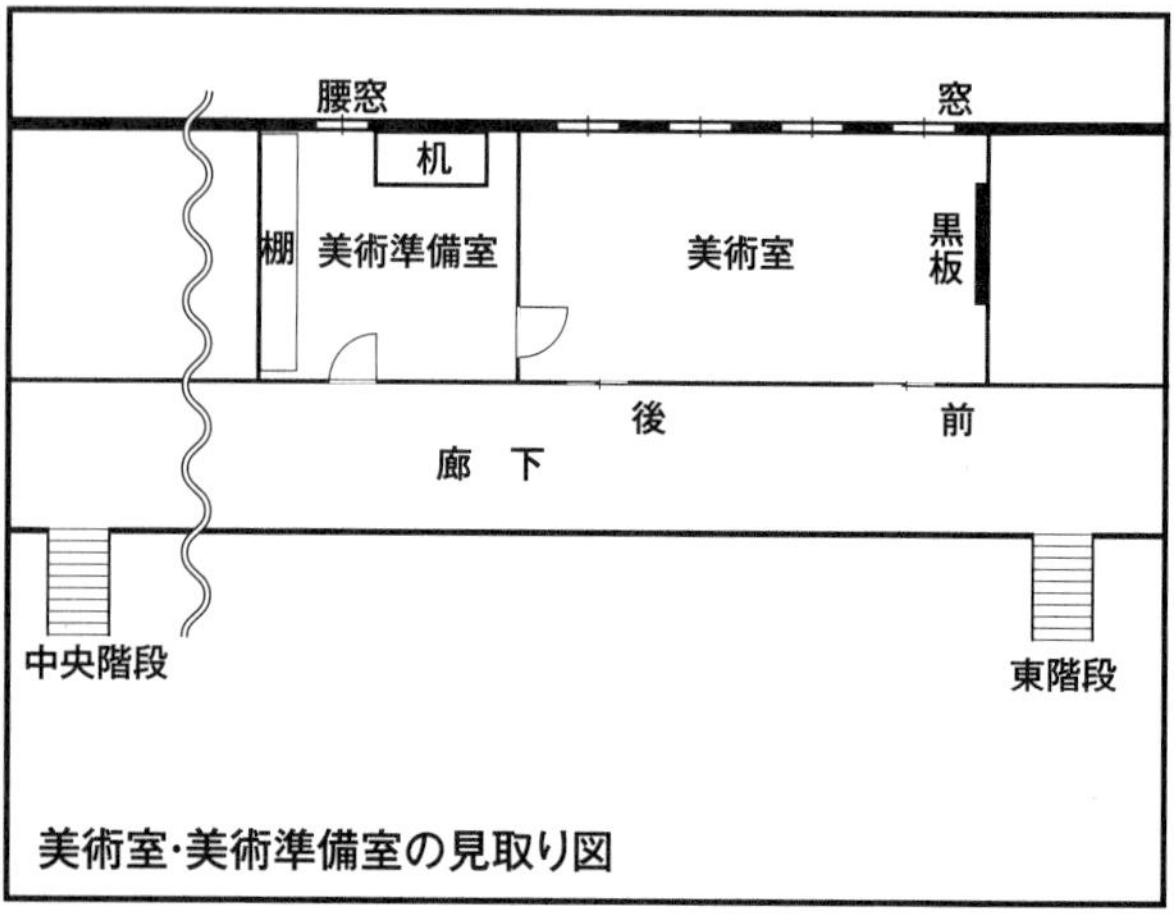

美術室・美術準備室の見取り図

プは用を済ませてしまったのだ。

普通教室よりやや狭いだろうか。入って正面の壁際にある木製の棚には、画材や美術に関係ありそうな本などが乱雑に突っ込まれており、お世辞《せじ》にもきちんと管理されているとは言えない。右側の壁の腰窓に向かって設置されている事務用机には、大きくて真《ま》っ新《さら》なキャンバスが立てかけられている。この状態では、事務作業は無理だろう。そもそも、あの机に見合う事務用の椅子が見当たらない。木製のスツールが脇に二つあるだけだ。

室内中央にある長方形の机には、ガラクタにしか見えないものが散乱している。空気の抜けたサッカーボールや、泥だらけのスニーカーなんかも上手《うま》い人が描けば心揺さぶられる作品になるのだろうか。

縁が欠けているマグカップは、危ないから捨てた方がいいと思う。総士くんはこんなものの中から比較的描きやすそうなものを選んでくれたのかと思いつつ、タマネギのような形の花瓶を机に置いた。

「うわ、埃《ほこり》っぽい。塗料の匂いが籠《こ》もってるし……」

振り返ると、ワインボトルを抱えたエナが顔をしかめていた。

「わたし、こういうのダメなの」

「換気しようか」

腰窓の周りはごちゃごちゃしているので、廊下側の開き戸へ向かう。ドアノブを回して押したり引いたりしてみたけど、開かない。

「ダメ。鍵が掛かってるみたい」

この扉は鍵穴だけで、サムターンと呼ばれるつまみがない。内側からでも鍵がないと解錠できないという点は、美術室の廊下に面した二つの引き戸と同じだ。

「大丈夫だよウミ。これ置いてすぐに出るんだから。というか、机の上散らかり過ぎだよね。もっと整理すればいいのに」

エナはワインボトルを机に置いた。

「わたしも鼻がムズムズしてきた。早く出よう」

「うん、でもちょっと待って」

エナが木製の棚の隣にある金属製の棚に歩み寄ったので、わたしも近づいてみる。高さはわたしの身長と同じくらいあり、メッシュの棚板が三十くらいあるだろうか。棚板同士の空間は数センチしかない。

「絵を乾かすための棚なんて、初めて見た」

エナは感心したように頷《うなず》いた。

「美術部が使うんだろうね、きっと。油絵は乾燥に時間がかかるらしいし」

たしかに、エナの言う通りだろう。下段にキャンバスが一つ収納されている。

「あまり使われてないみたいだね。たまたまかな？」

見たところ、この棚に絵は二枚しか収納されていない。下段にある油絵の描かれたキャンバスと、中段にある右手の甲のデッサン――。

わたしは疑問に思い、

「鉛筆で描かれているのに、どうしてこの棚に入れたんだろう」

「それは、ここくらいしか置き場がないからだと思うよ。そんなことよりこのデッサン、凄いと思わない？」

わたしも、同じ感想を抱いた。

描かれている右手はメッシュの棚板越しに見ても、今にも動きだしそうな、触れたら体温を感じられるのではないかとさえ思ってしまうほどのリアリティがある。

わたしは思わず、デッサンを棚から出してしまった。

「ウミ、まずいよ」

そう言いつつエナは、わたしが持っているデッサンに顔を近づけた。

手の甲は横向き。五本の指の関節は少し曲がっていて、人差し指にはテーピングが巻かれている。親指は手の甲に隠れていた。

「血管に血が流れているように見える。華奢《きゃしゃ》ではないけど、ごつごつもしてないね。指が長くて、縦長の爪がとても綺麗。これに比べてわたしの手は、まるで子どもみたい」

エナは恨めしそうに自身の手を見つめてから、

「このデッサン、ウミの手に似てると思う」

「わたしはこんなに綺麗な手じゃないよ」

「そんなことない。それにね――」

エナは視線をわたしの右手に移した。

「デッサンと同じように人差し指にテーピングしてるよね、ウミ」

どういう偶然か。たしかに彼女の言う通り、このデッサンとわたしの右手には共通点がある。

「もしかして、美術部に頼まれてモデルになったの？」

エナは目を見開いて、わたしを見上げた。わたしだって、色素が薄く透明感のある彼女の瞳を羨《うらや》ましく思う。

「モデルなんてしてないよ。頼まれてもいないし」

本当に、身に覚えがない。

「たまたまモデルの人もテーピングをしてたとか、理由はわからないけど作者が描き足したとかじゃない？」

エナは再び視線をデッサンに移し、

「そうだね、偶然ってこともあるよね。でも、似てるなあ……」

そう言われるとわたしも、デッサンのモデルは自分なのではという気がしてくる。なんとなく、気味が悪くなってきた。

わたしはデッサンを棚に戻した。

振り返りながら、

「もう出よう。帰りのホームルーム始ま――ひっ！」

柳先生が美術室との出入り口から、わたしたちを見ていた。

「早く教室に戻りなさい」

「すみません、すぐに戻ります」

エナはわたしの袖《そで》を引っ張って、「急ごう」と小声で言った。

わたしたちは足早に準備室を出る。

美術室の机に置きっぱなしだったスケッチブックやペンケースなどを回収し、黒板側にある引き戸から廊下に出る。

「初詣《はつもうで》、いつ行こうか。三が日のうちがいいよね」

もうお正月気分なのか、エナの口調は軽やかだ。

「わたしは元旦に行ってインフルエンザになったことがあるから、二日か三日がいい」

いつ行こうが風邪をひく可能性は変わらないだろうけど、元旦はなんとなく避けたい。

「じゃあ総士と京介にも予定を訊《き》いて――」

「君たち」

声に反応し振り返ると、柳先生が美術室後方の引き戸から顔を出していた。

「さっき、準備室で右手のデッサンを見ていただろう。どう思った？」

やっぱり、一部始終見られていたのか。でもどうして、わたしたちに感想を訊くのだろう。

「ええと……生きてるって感じがしました」

わたしはなにを言っているのか。でも、急に訊かれて上手く答えられるわけがない。

「わたしの手に似てると思いました」なんて言ったら気持ち悪がられるだろうし。

先生は二、三度頷いて、

「呼び止めてすまなかったね」

「いえ。それでは、失礼します」

エナが軽く頭を下げて先生に背を向けたので、わたしもそれに倣《なら》う。急いで教室に戻り、帰りのホームルームにはぎりぎり間に合った。

教室の雰囲気はどこか浮き足立っていて、年末年始の話題があちこちから聞こえてくる。来週月曜日の二十五日には終業式があり、それから来月の十四日までが冬休みだ。

「冬休み楽しみだね。しばらく勉強せずに済むし」

「いや、しなよ。宿題見せてあげないからね」

結構当てにしてたのに……。


昼まで寝たのはいつ以来だろう。部活の練習は来年からだし、完全に気が緩んでしまった。冬休みだからといってこのままダラダラしていると、体がなまってしまう。

スタートが大幅に遅れてしまったけど、今日は〈はっさむ地区センター図書室〉へ行こうと決めていた。借りたい本は『ハリー・ポッターと秘密の部屋』。

昼休みや部活のない日の放課後はエナと学校の図書室で過ごすことがあり、彼女が熱心に勉強する傍《かたわ》らでわたしは読書をする。先月中旬に図書室で手に取った『ハリー・ポッターと賢者の石』に夢中になり、それを借りて家で最後まで読んだ。冬休み中に続編を読まねばと思って先週の金曜日に図書室へ行ったものの、残念ながら貸出し中だった。

昼食をとり身支度を整え、玄関を出る。戸締まりのため鍵を取り出そうとコートのポケットに手を入れて、思い出した。彩香ちゃんから貰《もら》った洋菓子店の割引券がまだ一枚残っており、入れっぱなしにしていたのだ。〈お菓子の家〉を貰いに行ったときに一枚使ってチョコレートのケーキを買ったけど、満足感が凄かった。濃厚なチョコの風味とともに口全体に広がるカシスの爽やかな酸味は、どことなく初夏をイメージさせる――ちょっと気取り過ぎか。

お店はなかなか繁盛《はんじょう》しているようで、閉店時間前にショーケースが空《から》になることもあるという。できれば早めに行って、たくさんの洋菓子の中から選びたい。

頭の中がすっかりケーキで埋め尽くされ、わたしの足は図書室ではなく洋菓子店へ向けられた。

予定を変更して洋菓子を優先するなんて、わたしは誰かさんの影響を受けているのではないか。わたしも彼と同じく洋菓子を偏愛するようになって……いや、考え過ぎだ。わたしはあくまで、鹿取兄妹のお父さんの腕の素晴らしさに惹《ひ》かれている。

それだけのことだ、きっと。

店内はこぢんまりとしているけど、清潔感があって居心地がいい。

「壁掛け棚のパンジーは、わたしがお世話しているんですよ」

ケーキを買ってすぐ図書室へ行くつもりだったところ、店内で偶然彩香ちゃんと居合わせた。だからこうして、イートインスペースで彼女と差し向かいでケーキを食べている。ケーキはお金を出して買ったけど、紅茶はサービスしてくれた。二階の住居から持ってきた安物だと彩香ちゃんは言ってたけど、充分美味《おい》しい。

「もしかしてちょっと寒いですか？　膝掛《ひざか》けを――いや、奥の席に移りますか？」

たしかに窓際の席で少し冷える気もするけど、寒いというほどではない。もう外は大分暗く、緩やかなアーチを描くレンガ塀が室内の明かりを受け、ぼんやり浮かび上がっているように見える。

「わたしは大丈夫だよ」

「よかったです。ところで真史先輩は、チョコのケーキが好きなんですか？〈お菓子の家〉を取りに来たときも、カシスショコラを買ってましたよね」

彩香ちゃんの言う通り、わたしは前回と同じケーキを選んでいた。店に入る前は、たくさんある中から選びたいと思っていたのに。

「あんまり意識はしてないけど、ケーキはチョコレート系を選ぶことが多いかも」

彩香ちゃんは真面目《まじめ》な顔で、

「わたし、もっと真史先輩のこと知りたいです。好きな映画とか音楽とかファッションとか」

「わたしたちが知り合ったのは、ついこないだだもんね。わたしも、彩香ちゃんとたくさんお喋《しゃべ》りしたいと思っているよ」

彼女はぐっと身を乗り出した。

「じゃあ、今日はゆっくりしていってください！　あ、でももしかして真史先輩、これからなにか予定ありますか？」

「図書室で本を借りようと思ってたんだけど、別に今日じゃなくてもいいから」

「なにを借りるつもりだったんですか？　あっ、もちろん答えたくなければ秘密ということで大丈夫です」

別に読んでいることを内緒にしておきたいような本ではないので、

「『ハリー・ポッターと秘密の部屋』だよ」

「それなら、ちょっと待っててください！」

彩香ちゃんは立ち上がり、ショーケースの奥へ引っ込んでしまった。

ほどなくして戻ってきた彼女は本を持っており、両手でわたしに差し出した。図書室で借りようと思っていた本が、今目の前にある。

「お貸ししますので、どうぞ！」

「いいの？　返すのは冬休み明けになっちゃうかもしれないけど」

「大丈夫ですよ。今度、『ハリー・ポッター』について語り合いましょう」

「じゃあ、遠慮なく」

「読み終わったら教えてください。ここでまた、一緒にお茶しましょう。また割引券を差し上げますので」

それを聞いて、少し不安になった。

中学生のわたしが心配するようなことじゃないかもしれないけど、

「そんなにたくさん割引券発行しちゃって、大丈夫なの？」

「平気ですよ。お父さんはわたしにかなり甘いので」

質問の答えにはなっていないような気がするよ、彩香ちゃん……。

基本的に彼女はいつもニコニコしているけど、今浮かべている笑みは初めて見るタイプの表情だ。彼女の影をよく見れば、尖《とが》った翼と、先端が三角の尾があるかもしれない。

「彩香ちゃん、小悪魔だね」

「いいですね、それ。かわいらしいです」


年が明けて一月三日。エナ、総士くん、京介くんの三人と初詣をするため円山公園《まるやまこうえん》に来た。

公園内や周辺は敷地内にある北海道神宮へ向かう参拝客で賑《にぎ》わっていて、なかなか辿《たど》りつけない。十二時を過ぎてもあまり暖かくならず、今は氷点下二、三度くらいだろうか。

普段よりゆっくりとしたペースで歩くため、体がどんどん冷えていく。普段はしないマスクをしてきたけど、これで果たして風邪をもらわずに済むかな。

「俺、実は初詣じゃない。元日に奏と来たから」

「それ、早く言ってよ。彼女と一回来てるんだったら、今日は神社以外のところに行ってもよかったのに。ねえ、ウミ」

エナが少し呆《あき》れた感じで、わたしに言った。

「わたしは正直、初詣なしでもよかったよ。そんなに信心深くないし」

「俺は正月にしかできないことがしたいんだ！」

急に大きな声を出すものだから、前の人が振り返るんじゃないかと不安になる。エナに視線を送ったら、彼女は肩を竦《すく》めてみせた。

「お参りは、お正月じゃなくてもできるけどね」

京介くんがあまりにも普段通りの落ち着き払った口調で言うので、わたしは笑ってしまった。

初詣のために設定された参拝路に従い、わたしたちはえらく遠回りをして第二鳥居から境内《けいだい》に入る。念入りに撒《ま》かれている滑り止めの砂は雪と混じり合い、地面に灰色のまだら模様をつくりだしていた。本殿へ続く参道の両脇には、桜の木が植えられている。桜が咲き誇る季節には見事な光景が広がりそうだけど、わたしはその時期にここを訪れたことはない。

今年の春は、この参道を訪れてみようか。境内のスピーカーから流れる、箏《そう》と尺八によって奏でられるお正月の定番ＢＧＭを聴きながらそう思った。

大きければいいという問題ではないだろうけど、道内最大の神社の拝殿を目にすると、つい大きな御利益《ごりやく》を期待してしまう。正面には人だかりができており、わたしたちもお参りのためそれに混ざった。順番が来るまで、結構時間がかかるかもしれない。

徐々にお参りを済ませた人たちが集団から抜けていき、拝殿前方のスペースを囲う簡素な柵が見えてきた。柵の内側はシートが敷かれており、そこにたくさんのお賽銭《さいせん》が投げ込まれている。わたしは財布から五円玉を取り出した。とくに理由はない。最初に目についただけだ。

隣で総士くんが人差し指で財布の中の小銭を引っかき回し、「一、二、三――」と声を出して数えている。

「よし。一円玉を全部使って、十一円にしよう」

大切なのは額の大きさではなく気持ちだと思うけど、財布の中の小銭を整理しようみたいな気持ちで納めても大丈夫だろうか。でも、わたしも大して変わらないか。初詣というイベントの雰囲気を楽しんでいるのであって、本気でお参りしているわけではない。

二礼二拍手一礼という作法はかろうじて知っていたので、お賽銭を投げ入れ実行に移す。四月からわたしたちは三年生。最後の大会になる中体連《ちゅうたいれん》選手権まで怪我《けが》なくバスケができますようにと心の中でお願いして、その場から離れた。周りを見回したけど、エナたちの姿が見当たらない。手を合わせているときに目をつぶったほんの短い間に、みんなのことを見失ってしまった。絶対近くにはいるはずだけど、これだけの人出だと見つけるのは苦労しそうだ。

このまま拝殿の近くに留《とど》まっていると周りの人に迷惑がかかるので、当てもなくこの場を離れる。

お守りでも見てみようかと思ったけど、授与所も大変な混雑なのでやめておく。おみくじの結果で盛り上がる人たちの声が聞こえてきたので、その方向へなんとなく足が向いた。みんなを見つけたら、わたしも引きたい。絵馬はどうしようか。お願いはさっきしたので、買うのはちょっともったいない気もする。

「あっ、いた。ウミ」

声がした方向へ顔を向けた。

参拝客が絵馬をかけて奉納《ほうのう》する場所の横で、京介くんが控えめに手を振っている。

わたしはすぐに歩み寄って、

「探したよ、京介くん。絵馬になにか書いたの？」

「いや、知らない人の願い事を眺めてただけだよ。内容はみんな似たり寄ったりなんだけど、たまに『一億円欲しい』みたいな欲望丸出しなのもあって面白いんだ」

そういうことじゃないだろうと言いたくなる内容だ。

「絵馬を買うお金を貯金にまわした方がよさそう」

わたしがそう言って京介くんを笑わせたとき、誰かに背中を軽く叩かれた。

「やっと見つけた」

振り返ると、エナと、彼女の後ろに総士くんがいる。

「なんだよ、二人して絵馬を書いたのか？」

「違うよ、総士。奉納された絵馬を眺めてただけ」

「……それ、面白いか？」

「まあまあね。さっきここで、俺と同じように絵馬を眺めている人もいたし。三人とも知っている人だよ」

「学校の人？」

わたしが訊くと、

「美術の柳先生。俺は一年生のときに授業を受けてたけど、ウミたちのクラスは今も柳先生でしょ」

その名前を聞いて、昨年最後の授業後のことを思い出す。

美術準備室にあった、右手の甲のデッサン。それはわたしの手にそっくりで――。

「先生とはなにか話した？」

「挨拶《あいさつ》しようか迷っているうちに、先生はこの場を離れてしまったんだ。でも、まだ境内にいるよ。ほらあそこ」

京介くんが指した方向に目を遣《や》る。

入口の門の脇にある迷子と落とし物に対応する窓口の近くに立ち、カメラを首から下げている人は間違いなく柳先生だ。

わたしは疑問を口にする。

「先生、あそこでなにしてるんだろう」

先生の様子はただ雑踏《ざっとう》を眺めているというよりは、この空間にいる一人一人のことを観察しているように思える。

先生はカメラを構えて何枚か写真を撮り、門をくぐって参道へ出た。

「面白いこと思いついた！」

総士くんはわたしたちの顔を見回して、

「先生を尾行しよう」

地下鉄の円山公園駅へ至る道のりは参拝を終えた人たちで混雑しているので、あとをつけても気づかれないだろう。

総士くんは呑気《のんき》に、

「探偵みたいだな、俺たち」

「誰からも依頼されてないけどね」

とは言いつつ、エナも満更ではなさそうだ。こんなこと、普段ならエナや京介くんは反対しそうなものだけど、お正月のちょっとした非日常感が影響したのだろうか。二人とも総士くんの提案にあっさり同意した。

先生は大通《おおどおり》方面の改札を通過し、わたしたちもそれに続く。初詣の後は札幌《さっぽろ》中心部へ繰り出そうという考えはみんな同じと見え、車内に入ると先生の姿を確認しづらくなった。

「見失わないよう、注意な」

「総士くん、声が大きい」

小声で注意する。彼は絶対、探偵に向いていない。

先生は大通駅で降りた。改札を通過し、地下街オーロラタウンにある〈小鳥の広場〉の前で、先生は立ち止まった。小さな子どもたちに混ざって、ガラス張りの空間で世話されているセキセイインコたちを眺めている。

「先生、ものすごく暇なのか？」

総士くん、それはわたしたちも同じだよ。

「あっ、離れていくよ」

京介くんに言われて、再び注意を先生に向ける。

「マックでメシ、それかトイレかな」

総士くんの予想は外れた。柳先生はまっすぐ十数メートル進んでそれらを素通りし、今の地上の様子とは真逆の雰囲気を放つお店に入っていく。

「ええと、ああいうお店なんて言うんだっけ?」

この疑問に京介くんが、

「アンテナショップ、だね」

そう、それだ。柳先生は、沖縄のアンテナショップ――〈わしたショップ〉――に入り、店内を物色し始めた。わたしたちも店に入り、先生を観察しつつ商品を見てまわる。店内BGMの沖縄を感じさせるのどかな民謡が心地良い。味の想像がつかない食べ物が多く、とくにパパイヤの漬けものが一番の謎だ。

「先生と鉢合わせしないように気をつけよう」

柳先生は店内右奥にある書籍コーナーで立ち読みしている。十五分くらいかけて十冊ほど手に取り、そのうち二冊を買い物かごに入れその場を離れた。そのままお会計するのかと思えば、今度はお土産《みやげ》用のお菓子を物色している。よほど沖縄が好きなのか。

先生はとくに迷う様子も見せずにお菓子をかごに入れ、本と一緒にレジでお会計を済ませた。先生に続いて、わたしたちも店を出る。

これからどこへ行くつもりだろう。というか、尾行はもうそろそろ止めにしてもいい気がする。まさか、先生の家までついていくわけにもいかない。

総士くんに「この辺にしておこう」と声を掛けようとしたところで、柳先生が振り返り、わたしたちと目が合った。

「やあ、君たち。奇遇だね」

先生はにこやかで、なんだか不気味だ。こんな状況で使われる『奇遇』が、先生の本心を表わしているとは到底思えない。

「柳先生、明けましておめでとうございます」

エナだって動揺しているはずなのにそれを一切出さず、柔らかな口調でそう言った。

わたしたちは先生に歩み寄る。

「明けましておめでとう」

心なしか、先生の口調は普段より明るく聞こえた。

先生は自身の左手首に巻かれた腕時計を確認して、

「君たち、お昼ご飯はもう食べた？」

すぐ近くにあったマックは当然混んでいて席があるか心配だったけど、お客さんの入れ替わりは激しく、商品を待つ僅《わず》かな時間の間に席が空《あ》いた。

先生は気前よくわたしたちに昼食を奢《おご》ってくれたけど、自分はSサイズのコーヒーを頼んだだけだった。お腹《なか》が空《す》いていないのだろうか。

「君たちはたしか……バスケ部だよね?」

わたしたちが肯定すると、

「羨ましいなあ、体力がありそうで。私は若い頃から激しい運動、とくに球技が苦手だった。イメージと体の動きを一致させる能力に欠けていてね。まあ、運動音痴なんだ」

柳先生は機嫌がよさそうだ。よく見ると頬に赤味が差しているから、少し酔っているのかもしれない。

そう思っていたら突然、さっきより低い声で、

「ところで君たち、一緒に初詣なんて仲がいいんだね」

「先生、実は俺だけ初詣ではないんですよ! こいつら三人で行けばいいものをどうしても俺がいなきゃイヤだときかなくて」

「ちょっと、総士くん」

どうしてこうも呑気でいられるのか。柳先生は今、『君たちが尾行していたのは初めから知っていた』と言ったも同然なのに。やっぱり総士くんは、探偵に向いていない。

京介くんは申し訳なさそうに、

「僕たちがここで先生と出会ったのは、奇遇でもなんでもありません。すみませんでした」

彼に続いて、わたしたちも謝った。それを受けて柳先生は、

「いや、奇遇だよ。我々は今日、同じ時刻に北海道神宮で参拝をしていたのだから。私は職業柄、人の顔を覚えるのが多少は得意でね。神社で君たちの顔がチラッと目に入っただけでわかったよ」

たしかに毎年多くの生徒を受け持つ先生方の大半は、人の顔と名前を一致させる能力が高いと思う。大してかかわりのなかった先生が、自分のことを覚えていて驚いたという卒業生の話を聞いたこともある。

「君たちが私についてくるのはたまたま目指す方向が同じだからだと思っていたけど、さすがに沖縄のアンテナショップまで来るのはおかしいなと」

柳先生は苦笑した。

「誰かの私生活を垣間見るというのは、面白いものだ。私のような、今年度で定年を迎える老教師の冴えない新年の一コマでも、暇つぶしにはなっただろう?

気がつかないふりを続け、機を見て君たちを撒いて終わりにしようとも考えた。プライベートの時間を割《さ》いてまで生徒を指導するなんて、はっきり言って面倒だしね。でも、やっぱり一言くらいは言っておこうと思い直した。だから言う」

柳先生は表情を引き締め、

「他人様《ひとさま》の尻を追い回すなんて、卑《いや》しい人間のすることだよ」

初めて聞く、鋭い声。思わず、身を竦めた。

でも先生はすぐに、表情を緩めた。

「とまあ教師っぽいことを言ったけど、私は君たちを微笑《ほほえ》ましくも思っていたんだ。友人とつるんで、普段偉そうに知った風な口をきく教師をつけ回すなんて、楽しいに決まってる」

それから柳先生は、わたしたちの学校生活についていくつか訊いてきた。わたしたちの話に先生はいかにも興味深そうに何度も頷いて、ときには声を出して笑いもした。

三十分くらい経っただろうか。

柳先生は腕時計に目を遣り、

「もうそろそろ出ようか。あまり長居しても申し訳ないしね」

わたしたちは柳先生に同意して、トレーを片付けるために立ち上がった。

「片付けますね」

エナは柳先生のトレーに手を伸ばす。

すると先生は彼女を制して、

「今日あったことは、内緒にしておいて欲しい。お正月にたまたま会った生徒に昼食を奢るくらい取るに足らないことだと私は思うのだが、色々面倒なことを言う人間が多くてね。ファストフードは体に悪いだの、うちの子もあなたの授業を受けてるのに不公平だの。難癖《なんくせ》をつけようと思えばいくらでもつけられる。

大半の教師は生徒に対しフェアな態度で接していると思うけど、我々も人間だからね。いや、喋り過ぎかな。君たちにするような話じゃなかった。

とにかく、今日のことは内緒にしておいてね」

柳先生を尾行したという後ろめたさがあるから、内緒にしてと言われれば素直に従う。エナたちもたぶんそうだろう。

柳先生と別れた後、わたしたちはとくに目的もなく地下歩行空間を通って札幌駅を目指した。行き交う人々を眺めながら、わたしはちょっと後悔している。

美術準備室にあった右手の甲のデッサンについて、柳先生に質問すればよかった。

年が明けて五日目。わたしはバスケ部の自主練習日に顔を出した。体育館内には、部員がいつもの三分の一くらいしかいない。三が日を過ぎたとはいえまだ松の内だから、なにか予定がある人は多いのだろう。というか、わたしだってハワイみたいなところへ行けるなら行きたい。

練習後、そんなことをエナに言うと、

「でも、ウミは冬休み中に仙台《せんだい》に行くんでしょ？」

「うん。お土産買ってくるからね」

「じゃあ、笹かまぼこがいい」

随分渋いリクエストだ。

「一回だけ食べたことがあるんだけど、凄く美味しかったから」

エナはいかにも上機嫌で、フロアをモップがけしている。そこまで言われたら、絶対忘れずに購入しなくては。

「おい、ウミ！」

体育館の出入り口に目を遣ると、総士くんがこちらを見て手招きしている。引き戸は少し開いていて、扉の向こう側に誰かいるのはここからでもわかった。

「また来てるぞ」

そう言われて思い浮かぶのは一人だけだ。

「真史先輩！」

彩香ちゃんが扉から顔を覗《のぞ》かせて、かなり大きな声でわたしの名前を呼んだ。部員たちの視線がわたしに集中する。

掃除はもうほとんど終わっているので、

「……ちょっと、行ってくるね」

エナにそう言って、わたしは小走りで彩香ちゃんのもとへ駆け寄る。

彩香ちゃんが扉の奥へ引っ込んでしまったので、わたしも廊下に出た。

「どうしたの彩香ちゃん、冬休みなのに学校に来て」

彼女が俯《うつむ》いたので、つられて視線を下げる。彼女は上履きではなく、スリッパを履いていた。

彼女は左足を小さく前後に揺らしながら、

「真史先輩に、会いに来たんですよ」

「え、でも……まだお正月だよ?」

今日体育館で練習することを彩香ちゃんに言った記憶がない。いや、仮に言っていたとしても、こんな天気の日にわたしに会うため学校に来てしまうのはどうだろう。

体育館と校舎を結ぶ渡り廊下の窓から見える光景は地吹雪《じふぶき》で霞《かす》んでいるけど、樹木が強風でたわんでいるのがわかる。

彩香ちゃんは顔を上げ、わたしに微笑みかけた。

「さすがにそれは冗談なんですけどね。

生徒会の用事がありまして。もう帰ろうかと思ったら体育館の方から声が聞こえたので、もしかしたらバスケ部かなと思ったんです」

「彩香ちゃん、生徒会に入ってたんだ」

「あれ、言ってませんでしたっけ」

美術部に入っていることは知っていたけど、生徒会は初耳だ。

彩香ちゃんは腕を組み、眉根《まゆね》を寄せた。

「まだ、自己紹介が全然足りてませんね」

彼女は目を見開いて、

「なんでも訊いてください！　答えられることならなんでもお答えします」

彩香ちゃんに興味がないわけではもちろんないけど、急になにか訊いてと言われても困る。

とりあえず、目の前にある疑問を解消しておこうか。

「どうしてスリッパを履いてるの？」

「終業式の日に持って帰った上履きを、家に忘れてきたからです」

彩香ちゃんは不満そうに、

「すみません、どうでもいいですよね。わたしのことなんて」

「そんなことないよ。こんな些細《ささい》なこと、相手に興味がなければ——そうだ、美術部
……」

彩香ちゃんは不思議そうに小首を傾げ、

「美術部が、どうかしました？」

「美術準備室にある絵を乾燥させる棚は、美術部員が使っているの？」

「基本的には、そうです。でもたまに柳先生や、富安《とみやす》先生も使ってますよ」

富安先生も美術の教師で、たしか京介くんのクラスの美術を担当していると思う。

「去年最後の美術の授業後に準備室に入ったときに見かけた右手の甲のデッサンが、実はちょっと気になってるの。

それを描いたのって、もしかして彩香ちゃん？」

彼女は首を横に振って、

「他の人が描いたものですよ。わたしには覚えがないので。

あっ、そういえば」

彩香ちゃんは控えめに手を叩いた。

「さっき職員室前で柳先生に偶然会って少し話したんですけど、先生は沖縄旅行に行ってたらしいです。優雅ですよね。わたしも一度行ってみたいです。雪がまったく降らない冬って、興味深いと思いませんか」

彩香ちゃんは今、雪の降らない冬と同じくらい不思議なことを言った。

「柳先生が沖縄旅行に行った？　それって、いつ？」

「今年の元日から四日までだそうです」

それはおかしい。エナたちと一緒に柳先生と札幌で会ったのは、一月三日のことだ。

なんて言えばいいんだろう。わたしやエナたちは、三日に柳先生と会ったときマックで『今日あったことは、内緒にしておいて欲しい』と言われている。ふざけて先生を尾行していたのがバレたり、昼食を奢ってもらったりしたこともあって、約束を破って言いふらすのは躊躇《ためら》われた。

「学校が始まったら、美術部員にお土産くれるって先生言ってました！　楽しみだなあ。多めにくれたら、真史先輩にも分けてあげますね」

それはたぶん、大通の地下街にある沖縄のアンテナショップで買ったものだ。柳先生はどういうつもりなのか。

「ウミ、まだ？　みんなもう帰り支度済ませちゃったよ」

振り返って体育館出入り口に目を遣ると、半開きの扉の向こうからエナが顔を覗かせていた。彼女はもうコートを着てマフラーも巻いている。

わたしは彩香ちゃんに向き直り、

「荷物を取りに体育館に戻るね」

「すみません長々と。それに、その格好じゃ寒かったですよね」

コートを着込みマフラーを巻いている彩香ちゃんに対して、わたしは半袖に短パンだ。柳先生のことは気になるけど、今はとりあえず上着を着ないと風邪をひいてしまう。

わたしは彩香ちゃんに「気にしないで」と言って、体育館へ戻った。更衣室で着替えてコートを着込み、マフラーを巻く。エナメルバッグを持って再び廊下に出ると、彩香ちゃんはまだいた。エナと総士くん、それに京介くんも加わってわたしのことを待っていたようだ。

「真史先輩は、絵があまり得意ではないんですね」

その通りですとしか言いようがない。

「彩香ちゃんが美術部だって聞いて、うっかりウミの画力について喋っちゃった。ごめんな」

「総士くん、表情が全然謝ってない」

わたしがそう言うと彼は大げさに、シリアスな表情をつくった。

「大丈夫だよ。俺も下手《へた》だから」

京介くんは真剣にフォローしてくれたけど、わたしの絵が下手だということは否定してくれない。

「真史先輩はバスケが得意なんだからいいじゃないですか。こないだ練習のお手伝いをさせてもらいましたけど、凄くかっこよかったですよ！」

「え？　あ、ありがとう」

急に褒《ほ》められて、声が上ずってしまった。

「真史先輩、わたしにも特技を披露させてください。似顔絵が得意なんです。五分もあれば描けますので」

わたしはエナと目を合わせた。

「な、なに。どうしたのウミ」

総士くんと京介くんにも視線を送り、彩香ちゃんに訊く。

「四人分なら、二十分で描けるってこと？」

職員室から彩香ちゃんが出てきた。

ネームタグに〈美術室〉と書かれた一本の鍵を自慢げに見せて、

「これで中に入れますよ。柳先生はいませんでしたが、わたしのクラスの担任がいてよかったです」

似顔絵はノートにでも書くつもりだと思っていたけど、彩香ちゃんは「今日は紙も鉛筆も持ってないので、美術室に行きましょう」とかなり本気だった。

「よく借りられたね。部活で使うわけでもないのに」

彩香ちゃんはわたしを見て、

「こういうときのために、優等生をやってるんです。

さっ、行きましょう」

彼女に先導され、職員室の近くにある中央階段で美術室のある三階へ向かう。

階段を上りきり準備室を通り過ぎて、美術室の前に立つ。引き戸の小窓から中を覗くと、去年最後の授業のときのまま、向かい合わせにくっつけた机でできた島が五つある。

彩香ちゃんが鍵を開けたので、わたしたちは中に入った。

「荷物はここに置いときましょうか」

彩香ちゃんが一番手前にあった島に鞄《かばん》を置いたので、わたしたちもそれに倣う。寒いのでコートは脱がないけど、マフラーは外した。よほどの寒さじゃない限り、首にずっと巻いているのは邪魔に思えるのだ。他の四人は、マフラーに首を埋めたままでいる。

「薄暗いので、電気点けますね」

彩香ちゃんは黒板側の引き戸の方へ歩み寄り、その付近にあるスイッチを入れて室内を明るくした。彼女は室内後方にいるわたしたちのもとへ戻り、

「準備室に鉛筆を取りに行ってきますね。たぶん部費で買ったスケッチブックの余りもあったと思うので、それも」

「あっ、わたしも行く」

「おいおい、鉛筆とスケッチブック取りに行くだけだろ」

総士くんはそう言うけど、わたしには他にやることがある。あの絵を彩香ちゃんに見せれば、誰が描いたのかわかるかもしれない。

「ウミが行くならわたしも」

たぶん、エナの目的はわたしと同じだと思う。

「わざわざお見せするような場所でもないんですがね。というか、先輩たちからも『要らないものは捨ててください』って柳先生に言ってくださいよ」

「俺もこないだ準備室に入ったけど、ちょっとひどいよな。京介は見たことあるか？」

「ないよ。開き戸には小窓がないから、中の様子を見たこともない」

「京介さんは、一緒に来ますか？」

彩香ちゃんは京介くんに微笑みかけた。

「いや、俺は総士と待ってるよ。すぐ済むだろうから」

「わかりました。それでは行きましょうか。真史先輩、英奈先輩」

そう言いながら、彩香ちゃんは開き戸へ向かっている。

彼女はドアノブを回し、準備室へと続く扉を開けた。

「そういえば、この扉は鍵が掛かってないんだね」

ふと思ったことを訊いてみると、

「いつも開いていますよ。盗まれるようなものなんてありませんし、いちいち施錠するのも面倒ってことなんじゃないですか」

なんと返事をすればいいかわからず、わたしは黙って彩香ちゃんに続き、準備室へ足を踏み入れた。

「そういえばここ、凄く埃っぽいんだった」

エナは顔をしかめた。

彩香ちゃんは電気を点けて、

「すみません。廊下側の扉を開けて換気できればいいんですけど、準備室の鍵は美術室のとは別なんですよ。この風じゃ、窓を開けるわけにもいきませんし……」

わたしはダメでもともとの気持ちで廊下側の開き戸に歩み寄り、ドアノブを回して引いてみた。なんの抵抗もなくあっさり開いて、新鮮な空気が入り込む。

わたしは振り返り、エナと彩香ちゃんに向かって、

「ここが開いてるなら、職員室で鍵を借りることなかったね」

「廊下側の扉は普段鍵が掛かってるのに、おかしいですね。大方、柳先生が掛け忘れたんでしょうけど」

彩香ちゃんは少し呆れ気味に笑った。

彼女から見て、柳先生は割と抜けている人なのだろうか。

「でもよかった。空気が綺麗になったような気がする」

エナはそう言って、室内中央にある長方形の机を見つめている。

「絵のモチーフ、ちょっと減ってると思わない？」

彼女の言う通り、机の上のモチーフは去年の授業で見たときから三分の一くらいは減っている気がする。その代わり机の左端には二冊の本と、鉛筆で描かれた絵があった。

わたしたちは机に歩み寄り、彩香ちゃんは手前にあった木製のスツールに腰掛けた。スツールはたしかもう一つあったと思うけど、長居するつもりはないので探す気は起きない。

机上の本は、沖縄の旅行ガイドと写真集だった。

彩香ちゃんは絵が描かれている画用紙を手に取って、真剣に観察している。

「凄いなあ」

感嘆の声を上げる彼女に声を掛ける。

「海岸の絵だね。でもなんだか変わってる。岸が亀の甲羅みたいに見える」

「沖縄の久米島《くめじま》にある、奥武島《おうじま》海岸ですよきっと。畳石って言うらしいです。こないだテレビで見ました」

鉛筆で描かれていて白黒なのに、太陽の光がさんさんと降り注ぐ南国の海に見えるのはどうしてだろう。海水は水平線から波打ち際に向かって徐々に色が薄くなって透明度が増し、穏やかに揺らめいている。ちゃんと〈水〉に見えるのが、わたしみたいな絵心のない人間からするとなんとも不思議だ。空に浮かぶ夏真っ盛りといった感じの大きな入道雲は綿菓子のようで、一番手前の亀の甲羅のような岩は、いかにもごつごつしているように見える。

でもわたしがこの絵に心動かされる理由は、自分でもよくわからないけど、リアリティ以外のものにあると思う。わたしがスマホのカメラで同じ海岸を同じ角度で撮っても、個人的な思い出にしかならないだろうから。

「柳先生はお正月の旅行で、この場所に足を運んだんですかね。絵に描かれている季節はなんとなく夏のような気がしますが、沖縄って年中こんな感じなんでしょうか。お二人はどう――」

「え、ちょっと待って」

エナが彩香ちゃんの肩を軽く叩く。

「柳先生って、いつのお正月に沖縄へ行ったの？」

彩香ちゃんは上半身を捻《ひね》って、エナを見上げた。

「今年ですよ。元日に北海道を発《た》って、昨日帰ってきたそうです」

エナは不思議そうな表情で、わたしに視線を送る。一昨日《おととい》、わたしもエナも間違いなく札幌で柳先生と会っているのだから、当然の反応だ。

机の上にある二冊の本も、たぶんアンテナショップで買ったものだ。

「あっ、そうだ。彩香ちゃん。さっき話した例のデッサン、実際見れば誰が描いたかわかる？」

彩香ちゃんは立ち上がり、

「たぶんわかりますよ。真史先輩、そのデッサンが随分お気に入りなんですね」

「そのデッサンに描かれている右手は、わたしの手に似ている気がするの」

エナにも同意を求める。

「ウミと同じように、デッサンの人差し指にもテーピングが巻かれていたから、気になるよね」

わたしたちは目の前の机を回り込んで、正面の壁面にある乾燥棚に近づいた。

エナが下段から上段まで背伸びをして確認して、

「なくなってる」

例のデッサンは棚の中段にあったと思うけど、見当たらない。下段の方に、昨年も見た油絵があるだけだ。

彩香ちゃんは首を捻り、

「柳先生が持っていったんですかね。今度、他の部員にデッサンのこと訊いておきますよ」

それなら仕方がない。

気を取り直して、

「下段にある油絵は誰が描いたの？　もしかして、彩香ちゃん？」

「真史先輩、わたしの絵はもっと上手いですよ」

彼女は事もなげに言った。

「凄い自信だね。彩香ちゃんが描いてくれる似顔絵が楽しみになった」

エナの声が遠慮がちなのは、彩香ちゃんが一つ年下の女の子だからだろう。相手が総士くんだったら、もっと鋭くツッコミを入れるはずだ。

「ありがとうございます。美術室で田口先輩と岩瀬先輩も待ってますし、そろそろ戻りましょうか。鉛筆とスケッチブックを探すので、ちょっと待ってくださいね」

彩香ちゃんは窓際にある事務机へ歩み寄った。昨年見たときと同じように、大きくて真っ白なキャンバスが立てかけられている。

「スケッチブックはあったんですけど、鉛筆が見当たらないです。何本か転がっていることが多いんですけど」

彩香ちゃんは事務机の三段ある引き出しの一番上を開けた。中のトレーに鉛筆が数本と、消しゴムや鉛筆削りなどの文具が収納されている。

彩香ちゃんは満足そうに、鉛筆を手に取った。

「これで完璧です」

わたしとエナは頷く。

「ああ、そうだ。ちゃんと閉めておかないと」

エナが廊下側の開き戸を閉じ、わたしたちは美術室へ戻った。

退屈だったのだろう。総士くんは大きく伸びをして、

「遅かったな、待ちくたびれたぞ。二人で黙っていなくなったらどうなるかなって、京介と話してたんだ」

「じゃあ、楽しみにしてくれてた田口先輩の絵から描きましょうか。とりあえず椅子を――」

わたしたちに近い方の、美術室後方の引き戸が勢いよく開けられた。

驚きつつ、顔をそちらへ向ける。

わたしたちに視線を送る柳先生は、室内に入り穏やかな声で、

「鹿取さん、忘れ物は見つかったかい？」

ごく自然に「はい、ありました」と笑顔で答える彩香ちゃん。さすが『優等生』だ。

「なかなか鍵を返しに来ないから、佐藤《さとう》先生が心配していたよ」

「すみません。もう用は済んだので、帰ります」

さすがにこの状況で、美術室に留まるわけにはいかない。

みんなコートを着ていたので帰り支度にそう手間はかからず、わたしたちはすぐに廊下へ出た。でも、柳先生はまだ室内に留まっている。

彩香ちゃんは一旦閉めかけた引き戸を開けて、

「先生は出ないんですか?」

「私も、ものを取りに来たんだ」

「鍵持ってますよね?」

先生は頷いた。

「戸締まりは私がしておくから、君が持っている鍵は職員室に戻しておきなさい」

「わかりました。それでは、失礼します」

彩香ちゃんは今度こそ引き戸を閉めた。

彼女はみんなの顔を見回してから小声で、

「似顔絵、どこで描きましょうか」


一階まで下り廊下に出て、わたしたちは昇降口のガラス戸を見つめている。

「風、あまり収まってないね」

エナの言う通り激しい地吹雪で、三つあるガラス戸からは正門すらほとんど見えない。

「むしろ強くなってないか? 音がすげぇよ。ビュービューいってるじゃん」

総士くんは少し興奮しているようだ。これから外に出ることを考えると、わたしは憂鬱《ゆううつ》な気持ちにしかならない。

「先輩たちはどの靴箱使ってるんですか?」

二つの靴箱は背中合わせにくっつけられ、それが四組ある。並び方は縦に四列、わたしたちが使っているのは左端なので、そこを指さす。

「では先輩方がすぐ帰れるように、そこの段差に腰掛けているところを描きますね」

下校時間が迫っているし、それでいいだろう。

「真史先輩から描かせてもらっていいですか?」

「え、ちょっと待って。さっき俺から描くって言ったじゃん」

総士くんは大げさに不満の声を上げたけど、彩香ちゃんに「気が変わりました」と言われあっさりと引き下がった。さっきからずっと、彼女のペースだ。

まずはわたしが、彩香ちゃんが指定した場所に移動し、腰掛ける。彼女もわたしの隣に腰掛けて、スケッチブックを開いた。

「じゃあ、始めますね」

彩香ちゃんは迷いなく滑《なめ》らかに、鉛筆を動かしている。

「ちょっと、視線を落としてみましょうか」

きちんと計ったわけじゃないけど、さっき彼女が言っていた通り、似顔絵は五分くらいで完成した。

彼女は絵を丁寧《ていねい》にスケッチブックから切り離して、わたしに手渡してくれた。

鉛筆で描かれた自分の顔をまじまじと見つめると、なんだか照れてきた。わたしだとわかる範囲で、美化されているからだ。わたしの睫毛《まつげ》は、こんなに長くない。伏し目がちの横顔は、なにか物思いに耽《ふけ》っているように見える。実物より指通りがよさそうなロングヘアで、モデルは自分なのに羨ましく思った。

たしかに、上手い。

「次は、英奈先輩お願いします」

エナの似顔絵も、すぐに完成した。

「凄いなあ、期待以上」

エナも、描いてもらった自分の似顔絵を見つめて感嘆の声を上げた。

彩香ちゃんは三人目、京介くんの絵に取りかかる。総士くんは彩香ちゃんの横からスケッチブックを覗いて、

「京介、えらくイケメンになってるぞ」

そう言われたら、見ないわけにはいかない。わたしとエナも、総士くんに倣って完成間近の似顔絵を覗く。

「彩香ちゃんの似顔絵って、数年後の未来って感じもするよね。目つきの鋭さが中学生に見えない。それでもちゃんと、京介に見えるのがいいね」

エナはそう言って、頷いた。

「渋いよね。髭《ひげ》が似合いそう。かっこいいね」

「おい、ウミがかっこいいってさ」

「京介先輩、髭を足してみますか？」

京介くんは首と手を激しく振り、

「いや、いいから！　髭はなしで」

「動かないで。ドントムーブ！」

彩香ちゃんが急に大声を出すものだから、京介くんはびっくりしている。

彼女はそれから三十秒ほどで似顔絵を完成させ、京介くんに手渡した。

あとは、総士くんの絵だ。

「よし、次は俺だな。かっこよく描いて——」

「寒っ」

突然轟音《ごうおん》をともなって強烈な冷気が昇降口に吹き込み、わたしは思わず首を竦める。

ここからは見えにくい、右端のガラス戸が開いたのだろうか。すぐに閉じられたようだけど、この空間の体感温度は一気に下がった。

なんとなくエナに目を遣ると、彼女はわたしの首の辺りを見つめながら、

「ウミ、マフラーどうしたの？」

わたしは首に手を当てた。

「あっ、どこかに忘れてきた」

「今まで寒くなかったんですか？」

そう言う彩香ちゃんの首には、淡いピンク色のマフラーが巻かれている。

「美術室だよきっと。体育館出るときはマフラーしてた気がする」

エナの言う通り、そのときはマフラーを巻いていた記憶がある。

「取りに行きましょうよ真史先輩。わたしまだ、鍵持ってますよ」

そういえば、職員室に寄らずにここに来てしまっていた。『なかなか鍵を返しに来ないから、佐藤先生が心配していたよ』とさっき柳先生に言われたけど、大丈夫だろうか。

「さ、早く美術室に行きましょう」

彩香ちゃんは立ち上がった。

わたしはエナたちに、

「じゃあ悪いけど、ちょっと待っててね。すぐ戻ってくるから」

「あ、俺の絵は……」

彩香ちゃんはスマホを出して、画面を見る。

「下校時間まで十五分もありませんし、田口先輩の似顔絵はまた今度にしましょう」

総士くんは肩を落とした。

「ごめんね、わたしのせいで」

「いいよ、俺だけ教科書に載ってる偉人みたいな肖像画を描いてもらうから」

それはさすがに、貰っても扱いに困ると思うよ。


わたしたちは足早に階段を上りきり、美術室前方の引き戸の前に立った。

彩香ちゃんはポケットに手を入れ、美術室の鍵を出した。

「じゃあ、開けますね」

鍵が鍵穴に入りかけたところで、

「まだ帰っていなかったのかい?」

さっきも聞いた、穏やかな声。

わたしたちは中央階段の方に顔を向けた。

声の主である柳先生が、こちらに向かってくる。

「すみません、美術室にマフラーを忘れたようで」

去年最後の授業後から、わたしはなにかと柳先生に見つかっている気がする。一昨日の件は完全に自業自得だけど。

先生は美術室後方の引き戸の前で足を止め、小窓を覗き込んだ。

「お、あれじゃないか」

先生はこちらを向いて、わたしたちを手招きする。

わたしたちが近づくと先生はポケットから鍵を取り出した。鍵を鍵穴に入れて回し、解錠する。先生が引き戸を開け、わたしと彩香ちゃんは中に入った。

「大分暗くなってきましたね。電気点けます」

彩香ちゃんが小走りで、前方の引き戸の脇にあるスイッチを入れてくれた。室内が蛍光灯の光で満たされる。

マフラーは後方の引き戸から入って一番手前にある島に置いたはずだ。だけど、見当たらない。

ここで外したのだから近くにあるはずと思い、その島の奥へ回り込む。わたしのマフラーは、床に落ちていた。なにかのはずみで落ちてしまったのか。

「彩香ちゃん、あったよ」

「よかった！　この天気でマフラーなしは辛いですからね」

そう、よかった。マフラーがなければ、外を歩くのはかなり辛いだろう。

でもわたしはマフラーを拾いながら、あることが気になっていた。

「もう用は済んだかい？　外も大分暗くなってきたし、早く帰りなさい。生徒用の出入り口から出られなくなってしまうよ」

「すみません、すぐ帰りますので」

まだ廊下にいた先生に急《せ》かされたので、わたしは小走りで美術室を出る。彩香ちゃんも電気を消して、すぐに廊下へ出た。

引き戸はわたしが閉める。

どうしても気になって、わたしは小窓から室内を覗いてみた。

「まだなにか忘れ物があるんですか？」

小窓から彩香ちゃんに視線を移し、

「いや、もうないよ」

彩香ちゃんは不思議そうな顔をして、鍵を掛けた。

「鹿取さん、鍵は私が返しておくから」

彩香ちゃんは鍵を柳先生に渡した。

「あ、さっき言うの忘れてましたが、準備室の鍵開いてましたよ」

「え、本当に？　施錠したつもりでいたんだけど。どうも最近抜けててダメだ、年なんてとるもんじゃないね」

そう言って苦笑する柳先生にわたしたちは別れの挨拶をして、東階段へ足を向けた。エナたちも待っているし、早く昇降口へ行かなくては。

わたしたちは足早に階段を下りる。

一階に着くと彩香ちゃんは、

「じゃあ、わたしはここで」

「彩香ちゃんのクラスって、西側の昇降口を使ってるんだ」

「いえ、普段は皆さんと同じく東側を使っているんですけど、スリッパを借りる必要があったので」

そういえばそうだった。西側の昇降口には来客用の受付があり、付近の靴箱にはスリッパが入っていることを思い出す。

「それでは、皆さんにもよろしくお伝えください」

「気をつけて帰るんだよ」

彩香ちゃんは小さく手を振り、「また会いましょうね」と言ってわたしに背を向けた。

小走りで西昇降口へ向かう彼女を見送りながら、頭の中でさっき小窓から覗いた美術室の様子を思い浮かべた。

わたしのマフラーが落ちていたのは、小窓から覗くと手前の島に隠れて見えない位置だった。

もしわたしがマフラーを取りに美術室へ戻っていなければ、柳先生はそれをどうするつもりだったのか。


歩に相談してもいいものだろうか。

家に帰った後、スマホを手にかなり悩んだ。

昨年の九月から彼には随分と面倒をかけているし、新年早々頼ってしまうのは気が引ける。しばらくこの問題は先延ばししようと思いスマホをベッドに放ったとき、ちょうど着信音が鳴った。再びスマホを手に取り確認すると、歩から「明けましておめでとう」というメッセージが来ている。

おかしい。彼が「おめでとう」と言うときはおそらく、本当にお祝いする気持ちがあるときだけだ。「年明けのなにがめでたいんだ。月が変わっただけじゃないか」みたいな考えを持っていそうなのに。それに、彼の方から連絡が来るのはたぶんこれが初めてだ。

わたしになにか用事があるのかもしれない。とりあえず新年の挨拶を返して、返事を待つ。それから二十分ほど経っても反応がない。

まあ気まぐれでもあるから、本当にただ挨拶がしたかっただけかもしれない。理由はどうあれ、せっかく向こうからメッセージが来たのだ。「ちょっと、相談したいことがあるんだけど」と送ってみる。

返事は、五分ほどで来た。

翌日のお昼過ぎ。近所のタリーズコーヒーでワッフルを食べながら、

「ね、ちょっとおかしいと思わない?」

去年最後の美術の授業から昨日にかけて起きた出来事のあらましを、歩に説明した。

彼は答えない。なんだか、機嫌が悪そうに見える。

わたしの話を聞いて気分を害したわけではないと思う。彼はお店に入ったときからテンションが低かった。店内が混んでいて、カウンター席しか空いていなかったからだろうか。狭いスペースで飲食するのが嫌いな彼は、ゆとりのあるテーブル席を見つけるため店内を隈《くま》無く見てまわったけど、骨折り損だった。

窓に面したカウンター席で歩はわたしと一度も目を合わさず、広場を挟んで正面にある西友《せいゆう》の出入り口辺りを眺めている。

わたしも外の景色に目を向け、ほぼ正面にある電飾が巻かれた二本の木をぼんやり眺めた。

「気分が乗らないんだったら、無理しなくてもいいんだけど」

「真史は、その柳という教師が君に対して、不適切な感情を向けているのではと考えているんだな」

なんだ、ちゃんと考えてくれていたのか。

歩はケーキ皿に一口分残っていたワッフルを口に運んだ。コーヒーも一口飲んで、彼は掌《てのひら》を口元に当てる。

しばらくそっとしておこうと思い、歩から視線を外すと、

「真史たちは鹿取の妹に似顔絵を描いてもらうため美術室に入り、真史はそこでマフラー

を外した。女子三人で準備室に入り、美術室に戻ってすぐに柳が室内に入ってきた。早く帰るよう言われた君たちは戸締まりを柳に任せ、美術室を出る。

君たちはすぐには帰らなかった。真史は昇降口でマフラーがないことに気づき、鍵を持っている鹿取の妹と一緒に美術室へ向かう。美術室前の廊下で再び柳と出くわし、事情を聞いた彼は引き戸の小窓から室内を覗いて、マフラーを発見。だが、マフラーは小窓から覗いても見えない位置に落ちていた。

柳は君たちと顔を合わせたときには既に、マフラーが美術室の床に落ちていることを知っていた可能性がある、ということか」

わたしは頷いて、

「柳先生は、わたしのマフラーが欲しかったのかな?」

「そうだったとすれば、真史たちが美術室を出ていった後すぐ拾えばいいじゃないか。床に落ちている状態のまま放置しておくことはないと思うが」

納得しかけたけど、別の考えが浮かぶ。

「わたしが忘れ物にすぐ気づいて、美術室に引き返す可能性もあったじゃない。マフラーを拾うところをわたしに見られたら、先生はそれを返さざるを得ない。少し時間を置いて、わたしたちが帰った頃を見計らって美術室に戻ってきたんじゃないかな」

歩は小さく頷いた。

「たしかに、一理ある。

だがそれだと結局、柳はなぜ引き戸の小窓を覗き、あたかもマフラーを見つけたかのように振る舞ったのかという疑問は解消されないままだ。黙っていれば、真史たちが床に落ちているマフラーを見落とす可能性もあったのに」

わたしは背もたれに体を預ける。柳先生の取った行動の意味が、ますますわからなくなってしまった。

「当時の状況をはっきりさせるため、美術室や準備室の構造についてもっと詳しく聞きたい。

僕のイメージでは、美術室というのは普通の教室よりも広いところだと思うのだが、間違いないか」

わたしは頷いたけど歩はずっと窓の外を見ているので、たぶん気づいていない。「そうだよ」と声に出し、準備室は普通教室よりもやや狭いくらいということも伝える。

彼は無言で頷いて、

「大抵の教室は出入り口が二つあると思うのだが、美術室と準備室もそうか？」

「美術室はそうだけど、準備室は一つしかない……いや、準備室も二つあると言えるのか。廊下に面した扉の他に、美術室と繋《つな》がる扉があるから」

それは美術室にある扉とも言えるけど、準備室の廊下側の扉と同じく開き戸なので、準備室の扉は二つと考える方がわかりやすいだろう。

　扉についてさらに訊かれたので、わたしは答えた。

　引き戸には中を覗ける小窓があり、開き戸にはないこと。加えて、二つの教室を繋ぐ開き戸は、美術室後方の壁の廊下に近い方にあること。

　それを聞くと歩はわたしと同じように、背もたれに体を預けた。相変わらず、わたしと目を合わせない。

「真史は美術室へ二度足を運び、二度とも引き戸には鍵が掛かっていた。美術室と準備室を繋ぐ開き戸も、施錠されていたのか？」

「鍵は掛かってなかったよ。普段から開いてるって、彩香ちゃんが言ってた」

「それでは、準備室の鍵だけで美術室に入れる状況だったとも言えるわけだな」

　同意しかけたけど、わたしは首を横に振った。ずっと窓の外を見たまま視線を固定している歩には、見えていないかもしれないけど。

「準備室が埃っぽかったから、換気のために廊下側の扉を開けたの。鍵は掛かっていなかった。

　つまり昨日は職員室で鍵を借りなくても、準備室や美術室に入れる状態だったの」

　歩はため息交じりに、

「誰だか知らんが、真史たちの前に準備室を使った奴は随分と抜けているな」

「それがね、準備室の鍵を開けたままにしてたのは柳先生みたいなの。マフラーを回収した後、彩香ちゃんが先生に準備室の鍵のことを言ったら『閉めたと思ったんだけど』って答えが返ってきて……」

果たして、本当にただのうっかりだったのだろうか。なんだか、柳先生の言動全てが不自然に思えてくる。

「ともかく、真史たちは美術室の引き戸の鍵しか使っていないんだな。

あと細かいことだが、美術室前方と後方の引き戸は、同じ鍵で解錠できるのか？」

この質問はすぐには答えられなかった。昨日の状況をよく思い出してみる。

「そうだ、わたしたちは最初、美術室後方の引き戸の鍵を開けて入ったの。二回目に行ったとき、彩香ちゃんは美術室前方の引き戸の鍵を開けようとしてた。

彩香ちゃんが職員室で借りてきた鍵は一本で、ネームタグには〈美術室〉とだけ書かれていてね。それだと、もう一本違う鍵が存在するとしたら前後の見分けがつかなくなると思う。普通はもっとはっきり分かるように──」

歩が突然前のめりになり、コーヒーがほとんど残っていないカップを見つめた。つられてわたしも、背もたれに体重をかけるのをやめ姿勢を正す。

「今、気になる発言が二つあった。

『彩香ちゃんは美術室前方の引き戸の鍵を開けようとしてた』

つまり、マフラーを探しに美術室へ戻ったとき、引き戸を開けたのは柳ということだな。柳は君たちの後ろから割り込んで小窓を覗き鍵を開けたのか、それとも――」

「柳先生は、後方の引き戸を開けたの。先生は小窓を覗いて『あれじゃないか』みたいなことを言って、前方の引き戸の前にいたわたしたちを後方へ呼び寄せた」

「もう一つ。

『わたしたちは最初、美術室後方の引き戸の鍵を開けて入ったの』

一度目は後方の引き戸から美術室に入り、二度目は前方の引き戸から入ろうとした。なにか理由があったのなら教えて欲しい」

理由というほどのことではないと思うけど、まったくの偶然というわけでもないだろうから伝える。

「一回目はまず、美術室へ行く前に職員室へ向かったからね。わたしたちは職員室に近い中央階段を使って、三階へ行った。美術室後方の引き戸は、中央階段側にあるの」

「ごく自然に、近い方の扉から入ったというわけか」

わたしは頷いて、

「二回目は鍵を持っていた彩香ちゃんと一緒に、昇降口に近い東階段を使って美術室へ向かった。美術室前方の引き戸は東階段側にあるから、そこから入ろうとするのはごく自然なことだと思わない？」

彼がこちらに顔を向け、

「文句のつけようのない理由だな」

今日初めて、きちんと目が合った。


「柳は君たちに、美術室〈前方〉の引き戸を使って欲しくなかった。そのように考えると、一見不可解に思える彼の行動に説明がつく。

柳は、真史のマフラーが美術室に残されていることを知っていたのではない。彼は君たちを後方の引き戸へ呼び寄せるために、そこの小窓を覗いて真史の忘れ物を見つけたかのように振る舞ったんだ」

わたしはまだ全然納得できていない。柳先生の行動は不可解なままだ。

「わたしたちから隠しておきたいものがあったわけじゃないよね。柳先生はわたしと彩香ちゃんを美術室の中に入れたんだから」

柳先生は、その場でわたしたちを追い返すことだってできたはずだ。

後ろから入るのはよくて、前はダメ……どういうことだろう。

「君たちは美術室に入るため、前方の引き戸を解錠しようとした。それが、彼にとって不都合だったんだ」

「どうして鍵を開けるのがダメなの？　中に入るのはいいのに」

「単純なことだ。君たちは、目の前にある引き戸は施錠されていると思っていた。だが、実際そうではなかったんだ。

鍵を使えば、君たちは不審に思っただろう。

どうしてこの扉は鍵が掛かっていないのか、と」

最初に美術室を出ていくとき、柳先生は「戸締まりは私がしておくから」と言った。でも考えてみれば、先生が鍵を掛けるところを見たわけではない。

敢《あ》えて鍵を開けておく理由。

少なくともわたしは、一つしか思いつかない。

「施錠しなかった理由はもちろん、君たち以外の誰かを出入りさせるためだ」

やっぱり、そういうことになるか。

でもそれを隠すのに、不自然な小芝居を打つ必要はないように思える。

「もし彩香ちゃんが、前方の引き戸が施錠されてなかったことに気づいたとしても、柳先生は『用事があって一旦離れて、美術室に戸締まりをしに戻った』と言うか、準備室の開き戸と同じように『うっかり掛け忘れてた』とでも言えばいいんじゃない？」

「君たちに隠したかったことが人の出入りそのものだとしたら、真史の言う通りだな」

それはつまり、柳先生が一番に隠したかったことは他にあったということか。

「準備室の廊下側の開き戸が施錠されていないと柳が知ったのは、君がマフラーを回収した後だった。それまで彼は、鍵なしで準備室と廊下を行き来することはできないと思っていたわけだ。

廊下に面した三つの扉のうち、美術室前方の引き戸だけが施錠されていない状態。

それが、柳の行動の謎を明かす鍵になる」

自信ありげな、迷いのない口調。

でも、わたしにはまだ疑問がある。

「柳先生が廊下側の準備室の開き戸の鍵を施錠しなかったのは、うっかり忘れてたからじゃなく、わざとだったかもしれないよね？」

もちろん、わたしの質問で歩の自信が揺らぐとは少しも思わない。

たぶん、彼のなかではほぼ答えが出ているはずだ。

「それだと、柳の行動の説明がつかないんだ」

歩の口調は変わらない。

「順を追って説明させてくれ。

まず、美術室及び準備室に出入りしていたのはどのような人物か。それを考えてみようじゃないか」

わたしは、美術室及び準備室を出入りする人物を思い浮かべてみた。

部外者なのか、それとも学校関係者なのか。関係者だとしたら、教師を含めた大人の人、もしくは生徒。生徒の親兄弟という可能性もあるだろうか。

それを伝えると歩は頷いて、

「一人なのか複数だったのか、という疑問もあるな。それは正直僕には判断がつかないが、単数ではないかという気はしている。とりあえず、彼もしくは彼らのことをXと呼ぶことにしようか。

まず、大人の関係者は候補から外す。わざわざ柳に鍵を開けてもらわなくても、職員室から容易に鍵を持ち出せるだろうから。

残りの候補は、生徒か部外者だ。どちらかはっきりさせるため、君に質問がしたい。

来客用の出入り口はどこにある？」

昨日、廊下で彩香ちゃんと別れたときの様子がすぐに思い浮かんだ。彼女はその日来客用のスリッパを履いていて、それを返す必要があったのだ。

「西側の昇降口だね。そこに来客に対応するための窓口があるの」

「そのすぐ近くに、階段があるよな。東階段があるのなら、西階段もあるはずだ」

もちろん歩の言う通りなのでわたしは頷きながら、

「西側昇降口から入ると、廊下を挟んで正面に階段があるよ」

「じゃあ、Xは君の学校の生徒だな」

歩は一人で納得しているみたいだけど、わたしはついていけていない。詳しく説明して欲しいとお願いすると、「最初からそのつもりだぞ」と返ってきた。

「君の話によると、美術室は校舎三階の東寄りにある。君は西側昇降口から美術室へ向かうとしたら、どの階段を使う？」

少し考えてみたけど、はっきりとした答えは出ない。

「目の前の西階段を使って三階へ上って美術室へ向かうか、中央階段を使うかな。東階段まで行くと遠回りになるから、使う可能性はあまりないかも」

東階段まで歩くとなると、頭上にある美術室を一旦通り過ぎることになる。大した距離ではないけど、考えごとに夢中にでもなっていなければ使わないと思う。

「西もしくは中央階段を使って三階に行けば、手前の出入り口は後方の引き戸になる。だがその扉は施錠されていて、開いていたのは前方の引き戸だ。Xが西昇降口を使う人間だったら、これは不自然だと思わないか」

たしかに、わざわざ遠くなる方の扉だけ開けておくのはおかしい。Xが学校の間取りに詳しくない人物なのではとも思ったけど、それなら柳先生は前後両方の引き戸を開けておくだろう。

「前方の引き戸から入らなくちゃいけない特別な理由があったかもしれないよ」

「それなら、柳は後方の引き戸も開けておくべきだったと思わないか。片方だけ開けておくから、そうやって変に勘ぐられる。

東側昇降口から美術室に向かう場合は、東階段を使うのが美術室への最短ルートなんだよな？」

歩の言う通り、他の階段を使えば遠回りになる。

「東階段から美術室へ行く生徒から見れば、手前の出入り口は前方の引き戸になる。柳が生徒であるXのためにそこを開けておくのは、ごく自然なことじゃないか」

「でも生徒なら、職員室で鍵を借りられるじゃない。現に、彩香ちゃんはそうした」

「果たして、そうかな」

歩は一息ついて、

「みんながみんな、堂々と職員室に入れるわけじゃない。それくらいは、僕にもわかるぞ」

「それは……そうだね。わたしだって、入らずに済むなら入りたくないし」

忘れ物をしたと嘘をついて職員室から鍵を借りられる彩香ちゃんの方が少数派だ。普通は、正当な理由があったとしても緊張する。先生が大勢いる職員室に入る勇気を持てない人がいたとしても、そう不思議なことではない。

「でも、それだけじゃXが生徒ってことにはならないような……」

部外者だって、東側昇降口から入ることはできる。冬休みで普段より遙《はる》かに人の目が少なかったのだから、そんなに難しいことではないはずだ。

「もし部外者が正規の出入り口ではないところから学校に入ったのだとしたら、もうその時点でなにか後ろめたいことがあったということだよな。Xは、悪いことをするため美術室へ行った。

柳がそれを隠したかったのなら、君たちが五人で美術室を退去したときに鍵を回収するはずじゃないか。柳が下校時間が過ぎるまで鍵を持っていれば、君たちは美術室に戻ることなく帰宅しただろう。鍵を借りようにも職員室になければ、その日は諦《あきら》めるしかないからな」

Xは生徒――。

もう、わたしの中でも部外者説は消えた。でも、歩の説明についていくだけのわたしには、まだなにも見えていない。

「後ろめたいことがなにもなかったのなら、柳先生は不自然な小芝居をする必要なかったんじゃない？」

「君たちが美術室を出て、戻るまでの間に事情が変わったんだろ」

わたしたちが昇降口にいた時間は、それほど長くない。二十分もなかったと思う。その間になにが起きていたのか。

「悪事ではなかったはずだ。もしそうだったら、戻ってきた君たちを美術室に入れはしない」

「でもわたしたちに鍵を使わせないようにした以上、柳先生にとって都合の悪い状況だったのは間違いないよね」

ゆっくりと頷く歩の表情には、余裕が感じられた。

「これまでの話を踏まえると、二つの場合が考えられるよな。君たちが最初に美術室に入ったときXは室内にいたか、いなかったか。

いなかった場合、柳がおかしな小芝居をして隠そうとした事実は一体なんだったのか、正直僕にはわからないな。もしこちらが真実だったのであれば、ぜひ彼から詳しく話を聞きたいものだ。マフラーを取りに戻ってきた君たちを、自ら後方の引き戸を解錠しそこから中に入れた理由をね」

『廊下に面した三つの扉のうち、美術室前方の引き戸だけが施錠されていない状態。それが、柳の行動の謎を明かす鍵になる』と、さっき歩は言っていた。わたしたちを前方の引き戸から入れてしまうと、人の出入りだけではなく、なにか不都合な事実に気づかれてしまう恐れがある。先生はそのように考えていたのだろうか。

「対して君たちが最初に美術室に入ったときXが室内にいた場合、柳の行動に納得のいく説明をつけることができる」

Xが室内にいたとして——でも、少なくともわたしはそんな人物を、美術室や準備室で目にしていない。

「一応聞いておくが、似顔絵を描いてもらうため美術室に入ったとき、電気は点いてなかったんだよな」

もし電気が点いていたのなら、訊かれるまでもなく歩に話していただろう。誰も見当たらないのに電気だけ点いていたら、その後の出来事も含めるとかなり不自然だから。

「薄暗かったよ。たしか、彩香ちゃんが電気を点けたんだと思う」

「君は美術室に入ってマフラーを外しているが、室内は暖かかったのか？」

わたしは首を横に振って、

「美術室に入ったとき、廊下より暖かいとは感じなかったな。でもわたしは、室内だと多少寒くてもマフラー外しちゃうの。首にずっと巻いてると、結構邪魔だと思わない？」

「そんなこと、考えたこともないな」

あまりにも素っ気ない口調で言われてしまった。たしかに、どうでもいい質問だったかもしれないけど……。

「Xは、準備室にいたんだ。

準備室の明かりは扉が閉まっていれば、外に漏《も》れることはないんだろう。美術室に誰かが入室してくれれば、二つの教室を隔《へだ》てる壁に防音性能でもない限り気配でわかる」

ようやく、歩の考えていることがわかった。

彼はわたしの答えを待たずに、

「準備室にいたXは君たちの気配に気がつき、身を隠したんだ。君の話を聞いた限り、準備室はかなり雑然としたところのようだから、隠れられそうな場所はいくつかあるだろう?」

真っ先に、準備室の窓際にある事務用机が思い浮かんだ。隠れられる場所は他にもあったかもしれないけど、大きくて真っ新なキャンバスが立てかけられていた事務用机の下に潜り込めば、完璧に身を隠すことができる。

わたしは頷き、歩は話を続ける。

「君が換気のため廊下に面した開き戸を開けたことはXも気がついたはずだが、君たちが準備室を出てすぐに柳が美術室に入ってきたため脱出の機会を逸してしまった。すぐに準備室を出てしまっては、柳に早く帰るように言われた君たちと廊下で鉢合わせする危険があるからな。

君たちが去った後、柳は準備室に入り、Xが隠れていたことを初めて知ったのだろう。Xはその後も準備室に残り、君たちがマフラーを取りに戻る前に退出した。柳は下校時間が近づいたため、鍵を掛けに美術室へ向かい、君たちと鉢合わせになった——といったところじゃないか」

それなら、柳先生がいち早く彩香ちゃんから鍵を回収しなかった理由もわかる。わたしたちが美術室を出て、戻るまでの間に事情が変わったとはこういうことか。

「Xがここまで他者とのかかわりにナーバスな生徒だと、柳は思っていなかったんじゃないかな」

Xが単数か複数か判断がつかないと歩は言っていたけど、たぶん単数ではないか。Xが二人以上だとすれば、職員室に入る勇気を持てていたと思う。それに考えてみれば、描きかけの沖縄の絵が置かれていた長方形の机の近くにあった木製のスツールは、一つだけだった。

「客観的に見れば、取るに足らないことだ。だが柳は、君たちから隠せるものなら隠したいと思ったのだろう」

「ほんの一瞬で機転を利かせて、柳先生はXのために……」

人目を避けるように美術準備室に籠もっていたXは、わたしたちにどのような感情を向けていたのだろうか。

「柳の行動は――Xの名誉を守るためのものだった」

歩の出した結論を、心の中で嚙《か》みしめる。

わたしはさっき、柳先生が準備室の廊下側の開き戸を施錠しなかったのはわざとだったのではないかと歩に訊いた。どうやら、その可能性は低そうだ。

もし先生が準備室の鍵を開けていたことをXが知っていれば、Xは身を隠すことなく廊下に出ていたはずだ。そうだとしたら、先生がわたしと彩香ちゃんを美術室前方の引き戸から遠ざけ、後方の引き戸から中に入れた行動の説明がつかない。

Xの出入りとはまったく別の目的で準備室の鍵を開けていて、その理由をわたしたちに隠したかった場合も、先生の行動の説明がつかないという点では同じだ。

歩の推論通りXが準備室内のどこかに隠れていたのなら、準備室の開き戸について「施錠したつもりでいたんだけど」と嘘をつくのはおかしい。柳先生の目的がXの名誉を守ることであれば、〈Xは最初から鍵なしで準備室から廊下へ出られることを知っていた〉ということにする方がいいのだから。

柳先生は本当に、帰り際の彩香ちゃんに指摘されるまで、廊下側の準備室の扉が施錠されていないことに気づいていなかった。

そのように考えるのが、一番自然に思える。

歩に目を遣ると、彼は腕を組んで俯いていた。わたしが黙って考えていたから、退屈してしまったのだろうか。いや、このくらいの沈黙に影響を受けるようなデリケートな性格ではないはずだ。そもそも、今日はなんだか様子がおかしい。普段から変なところはあるけど、それとは違うように感じるのは気のせいだろうか。

「相変わらず、凄いね。歩に相談しなかったら、わたしは柳先生のこと誤解したままだった」

空気を変えようと普段より明るい声で言ったつもりが、歩には真顔で「どうした、声がおかしくなってるぞ」と言われてしまった。失礼な。

「それはいいんだが、一つ気になることがある。美術室の暖房と同様、準備室の暖房も入っていなかったんだよな？　もし準備室内の温度が高ければ、君は僕と話をするまでもなくXの存在を疑っただろうし」

「入ってなかったというか、そこの暖房は去年から壊れてたみたい。お正月明けに業者が修理に来てくれるみたいだけど」

「そうか。では、Xがすぐ済むような用事で準備室を訪れていたのか、割と長い時間作業していたのかは、この場では判断がつかないということか」

準備室中央の机に置かれていた描きかけの沖縄の絵は、Xがその場で描いたものだろうか。

たった一人で、寒さに耐えながら。

それは、本人に訊かなければわからない。もちろん、そこまでしつこく調べるつもりはないけど。

「本当は――」

歩は顔をこちらへ向けた。眉根が少し寄っているだろうか。続きを話そうとせず、黙っている。

「まだなにか他に、わかったことがあるの？」

彼はゆっくり、首を横に振った。

「本当は、こんな探偵めいたことをすべきではなかったかもしれない。柳がXのために守ろうとした秘密を、彼らの学校の生徒ですらない僕が暴くなんて」

そう言われて、わたしは言葉に詰まった。

歩もなにも言わず、変な間ができる。

彼が気に病むことはない。彼はわたしに相談されて、それに応じただけだ。

「ごめん、悪いのは歩じゃなくて――」

「だが僕がなにも言わなければ、君は不安な気持ちを抱えたまま学校へ行くことになる」

歩は顔の向きを正面の窓へ戻した。

「……心配してくれてたんだ」

どうせすぐ、「調子に乗るな」みたいなことを言うはずだ。そう思っていたけど、彼はなにも言わない。

わたしもなんだか恥ずかしくなって、お互い無言の時間が流れていく。

歩はわたしの気持ちを優先してくれた。見ず知らずの柳先生やXと比べてのことではあるけど。

先に口を開いたのは、歩だった。

「もちろん、僕の推論が事実と完全に一致しているとは思わないがね。それどころか、まったくの的外れかもしれない。なにかしらの理由で混乱した柳が、見当違いの行動を起こしたという可能性もある」

「それだと結局、わたしは不安なんだけど」

冗談に聞こえるように、笑い交じりで言った。

歩の推論が完璧かどうかはともかく、まったくの外れだとは思えない。昨日の柳先生の様子は、終始冷静に見えた。それにわたしは、歩をかなり信用している。

わたしも、窓の外の景色に目を遣った。そろそろ、電飾が点灯するだろうか。

「右手の甲のデッサンについては、どう思う？」

歩は少し間を置いて、「なんのことだ」と不思議そうな表情で訊ねた。

「準備室の乾燥棚にあった、わたしの右手にそっくりな絵のことだよ」

「ああ、そういえばそういうのもあったな」

歩の様子を見るに、冗談ではなく本当に忘れていたようだ。

「モチーフは、わたしの右手なのかな。作者は誰――」

「そんなこと今この場でわかるわけないだろ。僕はエスパーじゃないぞ」

急に突き放されてしまい、わたしは思わず笑ってしまった。

「なにがおかしい」

「歩らしいなと思って」

「君の考える僕らしさが、僕にはよくわからないな」

至って真面目に言われてしまった。

もしかして、不愉快にさせてしまっただろうか。

「僕の考える僕らしさと君の考えるそれ、比べてみようか」

歩の表情が、僅かに緩んだ。

安心したわたしは少しおどけて、

「結構時間かかるかもよ」

歩は足下に置かれたショルダーバッグからスマホを取り出し、時刻を確認した。

「今日のところは、やめておこう」

彼は席を立った。

広場の木に巻かれている電飾にはもう、明かりが灯《とも》っている。

翌日、バスケ部の自主練のため学校へ行く。だけど、練習には少し遅れていくつもりだ。

校内に入り美術室を目指す。

一つだけ、確かめておきたいことがあった。

それは、美術室前方の引き戸の鍵が開いているかどうか。

もし開いていたら歩の推論は事実にかなり近いということで納得しようと、昨晩ベッドでうとうとしながら決めた。

歩の推論が当たっていたとしても、今日Xが学校に来ていないのであれば、鍵は閉まっているだろう。でも、Xは今日も準備室にいるような気がする。

絵を描くだけなら、わざわざ学校に来て暖房が壊れている準備室に籠もる必要はない。室内にあった描きかけの絵の作者がXだとしたら、Xは柳先生にそれを見せてアドバイスを受けるつもりだったはずだ。冬休みが明けてしまえば、少なくとも平日に美術室や準備室をXのためだけに開放するのは難しくなる。Xが柳先生の指導を集中的に受けられるのは、長期休みの間しかない。

エナたちと初詣に行った日、沖縄のアンテナショップでお菓子と本を買う柳先生を目撃している。描きかけの絵の近くに置かれていた旅行ガイドや写真集は、きっとそこで購入されたもので——いや、これ以上考えてもしょうがないか。

東階段を上り、三階に着いた。美術室前方の引き戸まで歩み寄り、小窓から室内を覗いてみる。誰もいないし、電気も点いていない。引き戸の取っ手に指をかけ、なるべく音が出ないよう慎重に右へ引くと、扉はなんの抵抗もなく開いた。誰かが出入りしているのは、間違いないようだ。すぐに扉を閉じて、後方の引き戸に歩み寄る。こちらの扉は、開かなかった。

すぐ隣には準備室があるけど、そこの開き戸が開くかどうかは試すわけにはいかないので素通りする。

目的を達成して満足し、わたしは一階へ下りるため中央階段へ足を向けた。

前方の引き戸が開いていたことを、歩にも教えた方がいいだろうか。でも彼は謎解きができるというだけで、それが特別好きということでもなさそうだし、急いで伝える必要はないかな――そんなことを考えながら階段を下りて踊り場にさしかかると、ちょうど廊下から階段の一段目に足をかけこちらを見上げた人物と目が合った。

しまった、これはまずい。

中央階段を使うべきではなかった。

こうなる可能性は、充分考えられたのに。


「あれ、どうしたの海砂さん」

そう訊かれても、咄嗟《とっさ》に上手い言い訳なんて思いつかない。

「バスケ部の練習がありまして……」

「体育館は一階だけど」

柳先生の顔に浮かぶ柔らかな笑みが、わたしの気まずさを大きくした。

「美術室に行っていたね？」

やっぱり、それを訊くのか。

わたしは焦って、

「中には入ってませんよ。誰の姿も見てません」

「まるで、誰かがいるのを知っているかのようだ」

「ええと、すみません……」

柳先生は表情を崩さなかった。先生にとって、わたしがこうして美術室にやってくることは意外ではなかったのだろうか。

「君たちをごまかす咄嗟の思いつきにしては、上手くやったと思っていたのだけど」

だからこそ、歩は謎を解くことができたのだと思う。まったく見当違いな行動を起こしていたら、いくら歩でもお手上げだったはずだ。

「もう、大体の察しはついているんだろう?」

今更とぼけるわけにもいかず、わたしは頷いた。

「準備室にいる彼は必ず、下校時間十五分前に準備室を出る。忘れ物を取りに美術室へ戻ってきた君たちと鉢合わせになったのが、私でよかった」

わたしたちとXは、ちょうど入れ違いになっていたのだ。昇降口の左端の段差に座っていたわたしやエナたちが似顔絵を描いてもらっているときに、Xは外に出た。お喋りに夢中だったし、背後の靴箱が目隠しになるから、Xの姿が目に入ることはなかった。

「美術の時間に、彼の絵を初めて見たときは衝撃だった。授業後すぐ、美術部に入らないかと熱心に誘ったんだけど、彼は首を縦に振らなくてね。部活動に勧誘したのはその一回きりだ。しばらくは授業を通じて指導していたんだけど、去年の五月くらいから彼は学校を休みがちになった。

夏休み前に彼が学校に来たとき、土日や長期休みの間は校内にあまり人がいないから、美術室で絵を描いてみないかと誘ってみた。もしよければ、今まで描いた絵も見てみたいとも言った。

そう提案したのは、教師としての使命感からではない。ただ単に、私個人のわがままだったんだ」

もう、柳先生から笑みは消えている。

「夏休みの間彼は毎日学校に来てくれた。とくになにを話すでもなかったけどね。私はたまに美術室へ顔を出して、彼の描く絵に一言程度コメントをするだけ。お互い、それで充分だったんだ。

でもある日彼に、『準備室を使ってもいいか』と訊かれた。私は彼の要望を許可し、今度からは準備室の鍵を開けておこうかと提案したのだが、それは拒否された。私が愚かだったのは、この出来事を大して気に留めなかったことだ。

どうして彼がそんなことを言ったのかは、一昨日初めて知った。

彼は夏休み中、美術室で一人絵を描くところを誰かに見られたことがあったそうだ。人付き合いの苦手な彼は、それがたまらなく嫌だったんだ」

「不意に誰かが美術室に入ってきたとき身を隠す時間を確保するため、準備室で絵を描くようになったんですね……」

一昨日の出来事は、色々な偶然が積み重なって起きたことだと思っていた。あの日わたしたちが美術室に入ったのは単なる気まぐれで、冬休み期間に美術室へ行く人なんてほとんどいないはずだ。

だけど、彼は備えていた。

「彼の絵は見たかい?」

「沖縄の海の絵ですよね」

感想を求められたので、わたしは一昨日準備室で感じたことをほぼそのまま柳先生に伝えた。それに加えて、

「彩香ちゃんも言ってましたけど、凄いなと思いました」

あまりに単純な感想で、わざわざ付け加えるようなことではなかったかもしれない。

でも、柳先生は大きく頷いてくれた。

「そう、凄いんだ。頑張って練習さえすれば上手な絵は誰でも描けるようになるけど、彼の絵は違う」

それを聞いて、わたしは昨年末から気になっていることを柳先生に質問することにした。

「準備室の乾燥棚に、右手の甲のデッサンがありましたよね。去年の最後の授業の後に見つけて、思わず見入ってしまったのですが、あれは――」

「彼が描いたものだ」

驚きはない。それを見たとき素人《しろうと》ながら、作者はただ者ではないと思ったから。

最も気になることは、

「そのデッサンは、学校内の誰かがモデルになっているんでしょうか？」

「それは、私も気になったから彼に訊いてみたよ。

先々月の中旬、彼は久しぶりに登校し、昼休みは図書室へ行ったそうだ。そこでたまたま目に入った生徒の右手が印象に残り、絵にしたと言っていた」

「絵だけじゃなく、本も好きなんですね」

「もちろん、それもあると思うけど」

柳先生は後頭部を掻《か》きながら視線を落とした。

「あそこは、他人とのコミュニケーションを強要されないからね。彼は平日に登校したら、昼休みは図書室で過ごす」

図書室に入ったときに利用者が彼一人きりだったとしても、気には留めないだろう。そこは校内に存在する、数少ない彼の居場所なのだ。

もしかしたらわたしは、彼の顔を見たことがあるのかもしれない。

「彼はモデルにした生徒について、右手以外のことをなにか言ってましたか？」

もしわたしが絵のモデルであれば、彼は柳先生に『でかい女子だった』みたいなことを言っているかもしれない。

「おそらく、男子か女子かも覚えていないと思うよ。ただ純粋に右手が印象に残ったから、それを絵にした。でも――」

柳先生は垂れ目を少し見開いて、

「モデルにした生徒が読んでいた本は覚えていた。おそらくあのデッサンは、本を読んでいるときの右手を描いたんだろうね」

わたしは今でも、あのデッサンを鮮明に思い出すことができる。

手の甲は横向き。五本の指の関節は少し曲がっていて、人差し指にはテーピングが巻かれている。親指は手の甲に隠れていた。

「モデルにした生徒は、『ハリー・ポッター』を読んでいたそうだ」

それなら、わたしも読んだことがある。

先々月の中旬、昼休みの図書室で。

「彼は図書室で本を借りることがあるんだけど、その後平日に学校へ行かないまま返却期限を迎えてしまうことが結構あってね。返しておいて欲しいと私に本を渡すんだ。結構図図しいところもあるだろ。

去年の九月だったかな。彼から『ハリー・ポッター』の一巻を手渡された」

わたしが先月図書室で『ハリー・ポッターと賢者の石』を読んでいたとき、彼は既にその本を読み終えていたということか。

「実はさっきも彼から本を手渡されてね。『ハリー・ポッター』の二巻だよ。モデルの生徒が一巻を読んでいた日に借りたんじゃないかな」

たしかに、わたしが冬休み直前の金曜日に図書室へ行ったとき、『ハリー・ポッターと秘密の部屋』は貸出し中だった。

わたしは、自分の右手に目を遣る。

「すまない。長いこと引き止めてしまったね」

慌てて視線を柳先生に戻し、

「こちらこそ、色々余計なことをしてしまい、すみませんでした」

柳先生は首をゆっくり横に振った。

「いや、いいんだ。話ができてよかったよ。君みたいな生徒にも、知っておいて欲しかったんだ。彼のような生徒がいることをね」

どういう返事をすればいいのか、わからない。

「これから彼に、初詣のときに撮った写真を渡すところだったんだ。興味を持ってくれるといいんだけど――」

柳先生は最後に、

「人間を描く練習もして欲しいから」

と一人言のように呟《つぶや》いた。


バスケ部の練習を終え、昇降口へ向かう。

総士くんは風邪で寝込んでいるらしく、今日は姿を見せなかった。

「美術室や昇降口は結構寒かったから、体が冷えたのかも」

今日ばかりはエナも総士くんのことが心配なのか、声のトーンが少し低い。

「初詣で誰かに風邪を移されたのかもしれないよ。総士は北海道神宮に俺たちよりも一回多く行ってるんだし」

エナと京介くんの会話を聞きながら、柳先生とのやりとりが頭に浮かぶ。

昇降口で靴を履き替えていると、エナに顔を覗き込まれた。

「どうしたのウミ。今日あんまり喋ってないけど、もしかして具合悪いの？」

「そんなことないよ。いつも通り」

わたしは勢いよく立ち上がる。

昇降口のガラス戸に目を遣ると、一昨日ほどではないけど風で雪が舞っていた。

あの日、わたしはこの場所でマフラーを置き忘れていることに気がついた。誰かがガラス戸を開け、外から冷気が流れ込んできたからだ。

まだXが——柳先生の言う彼が校内にいるのだとしたら、わたしたちはここに長居しない方がいい。

昇降口に誰かいたら、彼は出ていきにくいと思うから。

「早く帰ろう。また風が強くなりそうだしね」

第四話　for you

琥珀色《こはくいろ》のジンジャエールは炭酸が控えめで、ショウガがよく効いていた。コンビニやスーパーで売られているものとはひと味違う。

年が明けて一週間が経ち、年末年始の浮かれた雰囲気は一体なんだったのかと思わなくもない静かな月曜日。わたしはエナたちと、総士くんのお姉さんがアルバイトをしているという個人経営の喫茶店にやってきた。入ったときは結構混んでいたけど、今はわたしたちの他に女性の二人組がいるだけで、他には誰もいない。カウンターの奥に厨房《ちゅうぼう》があり、今お姉さんはそちらにいる。

「ねえ、本当に風邪大丈夫なの？」

テーブルを挟んで正面にいる総士くんに訊《き》く。昨日は体調を崩して寝込んでいたはずだ。

「寝たら治った」

わたしの隣にいるエナを見ると、呆《あき》れたような笑みを浮かべ、

「羨《うらや》ましい……」

「時期が時期だから、インフルエンザかもと思ったんだけど」

京介くんは本当に心配そうだ。

「俺、今までインフルエンザになったことないから」

あまり油断しない方がいいと思う。いざなったら、地獄だよ。

話題を変えて、

「総士くんのお姉さん、綺麗だね」

先ほどわたしたちの注文をとりに来た女性店員は、総士くんとよく似ていた。彼の整った容姿を考えればお姉さんが美人でもそこまで驚くことではないけど、それを言ってしまうと彼が調子に乗って面倒なので黙っておく。

総士くんは少し困ったような顔で、

「父さんからの扱いが、姉ちゃんと俺とであまりに違うんだ。まだ大学生だけど、もし姉ちゃんが結婚することになったら、父さん干からびると思う」

それは、未来の旦那様も大変だ。

「お姉さんが被ってたベースボールキャップ、ヤンキースのやつだよね。店の中も球団のグッズであふれてるし、さっきカウンターの奥からちょっとだけ顔を出した店主さんの趣味？」

エナはそう言って店内を見回し、

「レプリカユニフォームは全部、有名な選手のものかな?」

「三番がベーブ・ルースで、五番がジョー・ディマジオ。姉ちゃんが店主から聞かされて覚えているのはこの二人だけらしい。まあ、興味のないことなんてそんなもんだよな」

「あ、〈19〉は田中将大《たなかまさひろ》選手だよね」

壁に貼られている選手のポスターやスクラップ記事の中に、田中選手が吠《ほ》えている写真もあった。たぶん、去年のプレーオフの一場面だと思う。ニューヨーク・ヤンキースを地区シリーズ敗退の危機から救った試合だ。

「さっきBGMで流れていた曲の歌詞に、ディマジオが登場してたよね」

京介くんはわたしたちに同意を求め、エナが頷《うなず》いて答える。

「ウィリー・メイズと、タイ・カッブって名前の人もいたよ。たぶんその二人も、有名な野球選手なんだろうね」

「エナ、凄いね。わたしもディマジオは印象に残ってたけど、それ以外なにも聞き取れなかった」

「たまたまだよ」

口調はクールだったけど、顔は綻《ほころ》んでいる。

エナは続けて、

「二人とも、ヤンキースの選手なのかな?」

「たしかメイズもカップも、他球団の選手だよ」

レジの方から、声を掛けられた。目を向けると、いつの間に厨房から出てきたのか、総士くんのお姉さんが微笑《ほほえ》んでいる。女性二人組は会計を終え店を出ていき、客はわたしたちだけになった。

「どこの球団だったかは、忘れちゃったけど」

表情を崩さずこちらに向かってきて、総士くんの隣に腰を下ろした。

「姉ちゃん、仕事はいいのかよ」

「今から休憩だから」

総士くんは少し迷惑そうな顔をしている。でも、今日ここに来ようと最初に言い出したのは彼だ。

「弟さんがどうしてもここに来たいって」

わたしがそう言うと、エナは頷きながらお姉さんの方に顔を向けた。

「姉をみんなに自慢したいって言ってましたよ」

「言ってねえ！」

たしかに、それは言ってなかったと思う。

お姉さんは大笑いして、

「ねえ、飲み物もう一杯頼まない？　奢《おご》ってあげるから」

わたしはエナと顔を見合わせた。こないだ柳先生にハンバーガーを奢ってもらったけど、会ったばかりの大学生のお姉さんにご馳走《ちそう》になるのは気が引ける。

「遠慮しないで。その代わりと言ってはなんだけど、今あった不思議な話を聞いて欲しいの。全然大したことじゃないんだけどね」

注文は、お姉さんと同じ年くらいに見える男の人がとりに来た。わたしは悩んで、温かいカフェラテを注文する。

総士くんはカウンターで作業する男性店員をチラッと見た後、お姉さんに小声で、

「姉ちゃんあの人と付き合ってるのか？　父さんが気にしてたぞ」

それを聞いてお姉さんは苦笑いを浮かべた。

「そんなことないよ。東《あずま》くん彼女いるみたいだし」

「じゃあ、姉ちゃんに彼氏はいなかったと言っておくぞ」

「それだと嘘になるから、上手《うま》くぼかしてごまかしといてよ」

「面倒くせえな。父さんて、姉ちゃんのストーカーみたいなところあるよな」

「でもね、いつまでも独身でいられるのもイヤみたいなの。まったく、どうしたらいいんだろうね――」

田口姉弟のひそひそ話に割って入るわけにもいかず、「早く飲み物持ってきてお兄さ

ん！」と心の中で念じる。それが通じたわけではないだろうけど、男性店員は五人分の飲み物をお盆にのせてこちらにやってきた。

「お待たせいたしました」

「あ、わたしが回すから全部ここに置いていって」

お姉さんは指をぐるぐる回してテーブルの端のスペースを示し、男性店員は飲み物を置いていく。

「カフェラテは、背の大きい子ね。ええと名前は」

背の大きい子であるわたしはカフェラテを受け取り、自己紹介する。

「海砂真史と言います。総士くんとは同じクラスで、バスケ部です」

「わたしは田口日向子《ひなこ》。あ、苗字は当然知ってるよね。よろしくね、真史ちゃん」

日向子さんは飲み物を渡しながら、エナと京介くんにも簡単な自己紹介を求めた。弟の友人の名前を把握したお姉さんは、小さく咳払《せきばら》いする。これから、不思議な話を聞かせてくれるのだろう。

「わたしがここで働き始めたときからなんだけどね」

日向子さんはわたしたちの顔を見回した。

「休憩室に、時計が二つあるの。出入り口の扉の上にある掛け時計は普通に時を刻んでいるんだけど、部屋の隅にある置き時計は、針がずっと止まったまま。どうして止まったたまま放置されているのか、なんとなく気にはなっていたけど、ここに通っているうちに見慣れた光景になって疑問にも思わなくなった。だから、止まっている時計に変化が現われたのが今日なのかどうかははっきりしないんだけど――」

エナはミルクティーに口をつけてから、

「針の位置が変わっていたんですか？」

「そうなの。二時で止まっていた時計が、十二時になっててね。さっき東くんにも訊いたんだけど、なにも知らないみたいだったから、たぶん岡本《おかもと》さんがいじったんだと思う。あ、岡本さんはこの店の店長ね」

たしかに、ちょっと不思議だ。

「岡本さんに訊いてみれば、理由がわかるんじゃないですか？」

日向子さんはわたしを見て、

「わたしが時計に気づいたときに、岡本さんはちょうど出かけてしまったの。最近は、奥さんが入院している病院に行くためによく店を抜けているから」

「奥さんは、ご病気なんですか？」

京介くんが心配そうに訊ねる。

日向子さんは笑顔で首を横に振った。

「もうすぐ赤ちゃんが生まれるの！　初めてのお子さんだからって、岡本さんものすごく張り切っててね。いつも病院に行くとしばらく帰ってこないから、バイトはちょっと大変なんだけど」

「そうは言うけど、姉ちゃん嬉しそうじゃんか」

「おめでたいことだからね。ヤンキースの蘊蓄《うんちく》よりも、子どもの話が聞きたいし」

明るい話題に、みんなの顔が綻ぶ。子どもの話を延々と聞かされるのも、結構大変な気はするけど。

「止まっている時計の示す時刻は、奥さんのご出産となにか関係があるのでしょうか」

京介くんが、腕組みをして問いかける。

「たしかに、そんな気がするよね。二時を十二時に、時刻を二時間戻す意味……わたしはわからない。ギブアップ。京介くんは、どう？」

「十二時の方は、零時と考えると、これから生まれる赤ん坊のことを暗示していると思いませんか」

「あー京介、それだ。これから時を刻み始める的な」

総士くんは満足そうに頷いた。

「でも、二時の方はどう考えたらいいと思う？」

総士くんも腕を組んで、わざとらしく眉間《みけん》に皺《しわ》を寄せる。

「弟よ、君が出す答えをみんな待ってるよ」

日向子さんに煽《あお》られて、皺がさらに寄った。時間をかけるとハードルが上がってしまうから、早めに諦《あきら》めるなりボケるなりした方がいいと思うよ。

総士くんが、腕をほどいた。

「二時の方は、とくに意味がないんだよ。止まったまま放置されている時計があることを思い出して、これから生まれてくる我が子への願いを込めた」

総士くんは自信ありげだけど、他のみんなは納得していないように見える。わたしも、彼の意見に賛成できなかった。

今度はエナが腕を組む。

「そのポーズ、流行《はや》ってるの?」

「ウミも、考えるときは腕組みだよ」

彼女はあまり時間をかけず総士くんに、

「とくに意味もなく放置されていた時計に、我が子への思いを託したりするかな。もし例の時計が示す十二時がこれから生まれてくる我が子を意味するとしたら、二時の時刻にもなにか意味があると思うんだけど」

わたしも、そう思う。エナに倣《なら》って腕組みをして、

「京介くんの言う通り例の時計が赤ちゃんのことを暗示しているんだとしたら、昼じゃなく夜の十二時ってことだよね。じゃあ、二時はどっちなんだろう。午前なのか午後なの

か」

「午前であれば二時間、午後であれば十四時間戻ったことになるね」

「時刻は戻ったんじゃなく、進んだのかもよ」

日向子さんは「なるほど」と言って腕を組んだ。大学生のお姉さんに変なルールを押しつけてしまったようで、申し訳ない気持ちになる。

突然総士くんが得意げに、

「その時計の周りだけ、時空が歪《ゆが》んでいたんだ！」

仮にそうだとしても、止まっている時計の時刻は変わらないのではないか。よくわからないけど。

「あんたはもういいから。黙ってなさい」

もう日向子さんは、弟には期待していないようだ。

「もしかして」

京介くんは鞄《かばん》からスマホを取り出して、なにか調べ始めた。

「日本とニューヨークの時差は、十四時間みたいです」

日向子さんは感心したように小さく拍手し、なぜかわからないけど総士くんは満足そうな笑みを浮かべている。

「今のは、俺にアシストが記録されてもいいんじゃないか」

時空が歪んでいたという自らの発言によって、京介くんが時差の発想に辿《たど》りついたと言いたいのだろうか。

「認められません」

エナはぴしゃりと言い放ち、京介くんに視線を向ける。

「たしかに店長さんがここまでヤンキース推しなら、ニューヨークとの時差は関係あるかもね。でも、部屋の隅に置かれた止まった時計でそれを表現することに、どんな意味があるのかな」

「それは、さっぱりわからないな。ただの思いつきだし」

ここで会話は途切れ、みんな黙り込んでしまった。これ以上、進展が望める雰囲気ではない。

「将来、岡本家はニューヨークへの移住を考えているんでしょうか」

とりあえず言ってみたけど、日向子さんは首を捻《ひね》った。

「岡本さん、英語話せないと思うよ。こないだこの店に外国人のお客さんが来たんだけど、岡本さんは全然対応できてなかった。それに子どもが小さいうちは難しいだろうし……いや、小さいうちにこそ行くべき？　でも、近いうちにこの店を畳むつもりはなさそうだしなあ」

当てずっぽうで言っただけなので、わたしもこれが正解だとは思っていない。案外真相は、店長さんのただの気まぐれという可能性もある。

「なんだか、俺たちがこれ以上考えても無理そうだな」

「そうだね。あとで岡本さんに訊いてみる」

田口姉弟のギブアップ宣言。総士くんが、こちらに視線を送ってきた。なにか新しい話題をわたしに提供してくれるのだろうか。

「ウミ、この謎を鳥飼くんにも教えて解いてもらえよ」

「えっ、なんで……」

「だって、鳥飼くんは得意だろ。こういうの」

それはそうだけど、友人のお姉さんの暇つぶしにまで歩を巻き込んでしまうと、そのうち日々の生活から見出した疑問の全てを彼のところに持ち込むことになりかねない。

「さすがに、これくらいのことじゃ連絡できないよ」

「なにかの機会で会ったとき、ついでに話せばいいじゃんか。昔からの友達なんだろ？」

ここ最近は歩と顔を合わせる機会が結構あったけど、これからもそうとは限らない。現に小学校に入ってから去年の九月まで、彼と会うことはなかった。幼稚園児だった頃に彼の家によく行っていたのは母親同士が友人だったからで、わたしが歩に呼ばれていたからではない。

お互い中学生になってから歩に会ったのは、どうしても解いて欲しい謎があるときだけだ。今後、それ以外の理由で彼と顔を合わせる機会はあるのだろうか。彼はなんの理由もなく、誰かと会うタイプの人ではないと思う。大好きな洋菓子を食べるとき、隣や正面に誰もいなくても、気にするような人ではない。

歩は、依頼人であるわたしの期待にいつも応えてくれた名探偵だ。だけど、幼稚園児の頃も今も、わたしと歩は友人ではないのではないか――。

わたしが黙っているとエナが、

「お姉さんは、どこの大学に通っているんですか？」

日向子さんは大学名を答えて、キャンパスライフについて語りだす。目の前にいる女子大生のお姉さんは、見た目よりもヤンチャな人のようだ。大学祭で大量に余ったカレーをサークル内で処理した話から浮かび上がる情景の凄《すさ》まじさには、大笑いさせられた。

止まっている時計の話を忘れかけた頃、お店の出入り口の扉がドアチャイムの音とともに開き、一人の男性が中に入ってきた。四十代くらいだろうか。

「お帰りなさい、岡本さん」

「ああ、遅くなってすまないね」

日向子さんは左手首に巻かれている腕時計に目を遣《や》った。

「もう戻らなくちゃ。みんな、付き合ってくれてありがとうね」

そう言って彼女は立ち上がり、仕事に戻っていった。

その夜、仙台《せんだい》にある祖父母の家に帰省する準備をしながら、誰にお土産《みやげ》を渡そうか考えていた。バスケ部のみんなやクラスで仲のいい友達に加えて、彩香ちゃんの顔が思い浮かんだ。〈お菓子の家〉をくれたり、本を貸してくれたりしたお礼もしたいから、彼女の分も買っておこう。仕事のため札幌《さっぽろ》に残る父親は、最初から候補に入っていない。母親がなにかテキトーに買うだろうし。

それはいいとして、わたしの頭の中に浮かんでいる人物がもう一人いる。

歩にも、なにか渡した方がいいだろうか。

もちろん、彼にはたくさんお世話になってきたから、お土産の一つや二つ渡すべきだ。だけどわたしから「お土産があるから渡したい」と言われて、彼はなんて応じるだろうか。変人だけど鬼ではないから「そんなもん要らん」とは言わないだろうけど、「また今度、なにかのついででいい」くらいのことは言うかもしれない。わたしのお土産が彼にとってその程度の優先順位なのであれば、向こうでお土産選びに悩むのは馬鹿馬鹿しい気がする。

「あ、甘いお菓子ならすぐに受け取るか」

と思わず一人言が出てしまったけど、それならわたしがわざわざ仙台で選ぶ必要はないのではないか。彼が喜んだとしても、それは甘いお菓子を貰《もら》えたということに対してのみではないか……。

『昔からの友達なんだろ？』

喫茶店で総士くんに言われたことが頭をよぎる。

歩は果たして、わたしからお土産を貰って嬉しく思うのだろうか。

というか、どうしてわたしは歩に喜ばれるかどうかを考えているのか。

とりあえず、歩へのお土産は向こうで気が向いたらということでいいかな。そう考えつつもわたしはスマホを手に取り、喫茶店で日向子さんから聞いた謎を簡単にまとめたメッセージを歩に送信した。

もし彼が謎解きに興味を持って顔を合わせる機会が自然に生まれたら、お土産を用意しよう。

一時間くらいかけて旅行の準備を大体終えると、スマホにメッセージが届いた。

すぐに確認したけど、送信者は彩香ちゃんだった。

［真史先輩、明日暇ですか？］

明日から五泊六日で仙台へ行くことを伝えると、

［えー残念！　去年お兄ちゃんが買ったドラクエを真史先輩ともやろうと思ったんですけど］

誘ってくれるのは嬉しいけど、テレビゲームはあまり得意じゃないからなあ。とくにRPGは、最初こそ気合いを入れて村人全員に声を掛けてセリフを回収するものの、行く先先でそれをやっているうちに飽きてしまって、最後までクリアできた例《ため》しがない。

「お兄ちゃんの勇者はカジノでギャンブル漬けの日々で、冒険の目的を忘れてしまったようです。真史先輩と協力して冒険を進めて、お兄ちゃんよりも早くクリアしようと思ってたんだけどなー」

わたしがいても大して冒険の助けにはならないであろうことと、学校が始まったら仙台のお土産を渡すことを伝えると、彩香ちゃんはお礼の言葉の後にこれでもかというくらい『！』をつけて喜びを表現した。

そうだ、彩香ちゃんから借りている本を返さなければいけない。始業式の日に返すと伝えると、彼女はわたしの知らないゆるキャラのスタンプで『了解』を伝えた。

歩からの返事は、未だにない。

わたしは五泊六日分の衣服や日用品を詰め込んだトランクを閉じて、部屋の電気を消した。


去年までのお正月は祖父母が札幌に来てくれていたので、今回の帰省はわたしにとって初めての仙台だった。

仙台旅行ももう四日目、いや、時刻はもう零時をまわっているから五日目か。わたしは今、祖父母の家のリビングで一人、テレビをつけてソファーに寝転んでいる。

お腹《なか》から、結構大きな音が出た。旅行初日に食べた厚切りの牛タン定食を深夜に思い出してしまったからだ。

炭火で焼かれたお肉は香ばしく、サクサクと嚙《か》みきれる食感は今まで食べたことのあるお肉とは全然違った。脂の乗り方もちょうどよく、口の中が脂っこくならない。良いお肉の肉汁は、わたしを幸せにした。四枚八切《きれ》ではなく、五枚十切の定食を注文すればよかったという後悔を、今日まで引きずっている。白髪《しらが》ネギたっぷりのテールスープや、青南蛮《あおなんばん》味噌《みそ》も美味《おい》しかったなあ。

すっかり感動して、次仙台に来たときは遠慮せず五枚十切、いや六枚十二切の定食を食べると決意したものの、おじいちゃんから『この店は札幌にもあるチェーン店だから、いつでも食べられるよ』という衝撃の事実が明かされてしまった。申し訳ないけど、そういうことではないのだ。いつでも食べられる値段ではなかったし。

毎日おじいちゃんは張り切って、わたしを色々なところに連れていってくれた。伊達政《だてまさ》宗《むね》公騎馬像がある仙台城跡から市街地を眺めたり、大きなケヤキが連なる定禅寺通《じょうぜんじどおり》を散策しつつ雑貨屋やカフェを巡ったり。ちょっと足をのばして、松島《まつしま》にも行った。松が茂る大小の島々が湾内に浮かぶ不思議な光景をいろんな角度から写真に収めたので、札幌に帰ったらエナたちに見てもらいたい。お土産は、どんなものにすればいいだろうか。とりあえず、エナのために笹かまを買わなければ。

お土産といえば……わたしはまだ、歩の分を用意するか決めかねている。札幌を発《た》つ前日に送った歩へのメッセージの返事は、未だに来ていない。わたしにとっても彼にとっても解く理由のない謎だし、興味が湧かなかったのだろう。

普段あまり夜更かしはしないし、これ以上起きていると朝が辛くなる。それでもテレビを消して寝室へ向かう気持ちにはなれず、なんとなくチャンネルを回す。零時五十分からBSでアメフトの試合が放送されるので、それを観ることにした。ルールは全然わからないけど、現実離れした体格の選手たちがぶつかり合う様は見応えがある。フットボールという割にはあまりボールを蹴ってないように見えるけど、そんな違和感は何試合か観たら気にならなくなるのだろうか。スマホで調べてみると、NFLのレギュラーシーズンは既に終了していて、今録画放送されているパンサーズ対セインツの試合はリーグ優勝を決めるトーナメントの一回戦に当たるものであることがわかった。

観始めて十分くらいで、スマホに着信が入る。

画面には『鳥飼歩』という表示。こんな時間に、どうしたんだろう。

とにかく通話に応じる。

「真史か?」

「そうだけど、どうしたのこんな夜中に」

「こっちは朝だから」

「寝ぼけてる？」

「緊急時でもないのにそんな状態で連絡をとるなんて、僕の常識にはないな。本当に朝なんだよ。僕は今、アメリカにいるからな」

歩がアメリカと日本の時差のことを知らないわけがない。わたしの都合なんておかまいなしだ。そもそもお互い日本にいたとしても、朝に急ぎの用事もなく連絡するなんて、わたしの常識にはない。どこにいても、相変わらずだ。

「旅行してるの？　いいなあ。アメリカのどこにいるの」

「サンフランシスコだ」

と言われてもわたしがそこについて知っているのは、ＮＢＡのゴールデンステート・ウォリアーズくらいなので、上手く話を広げられなかった。

「こないだ君がメッセージでくれた『止まっている時計』の話、もっと詳しく教えてもらえないか。観光の空《あ》き時間に少し考えてみたが、わからなかった」

「あ、一応興味は持ってくれてたんだ」

細かいことまで書くと長文になってしまうので、彼が関心を示してくれれば詳しく伝えようと思っていた。こんな時間に連絡が来るなんて予想外だったけど。

「覚えていることは全部話してくれ。関係ないと思われるようなことでもな」

歩の要望通り、なるべく丁寧《ていねい》にあの日のことを話した。

その間、歩は一言も発しなかった。

「――とまあこんな感じなんだけど」

「わからん」

即答されてしまった。

「随分、あっさりだね」

「そういうこともあるさ。今までが、上手くいき過ぎだったんだ」

歩でもわからないというのなら、そもそも謎を解くための材料が足りていないのだろう。日向子さんからもっと詳しく話を――というかもう、日向子さんは店長さんに直接訊ねて答えを知っているかもしれない。そうだとしたら、そのうち総士くんの口から真相を知ることができるはずだ。

「そういえば鹿取の妹から聞いたんだが、今仙台にいるんだって？」

「うん、そうだよ。お母さんの実家があるからね。もうお正月じゃないけど、年明けの帰省」

彩香ちゃんに今回の旅行のことを教えたのは、札幌を発つ前日のことだ。

「もしかして、彩香ちゃんとドラクエやった？」

「ああ、よくわかったな。まあ僕を誘ったのは兄貴の方で、妹は僕らがゲームをしているのを後ろで見てるだけだったが」

それを聞いて、なんだか複雑な気分になった。

鹿取さんが歩と一緒にゲームをして遊びたいと考えても、なんら不思議なことではないはずだ。それなのにわたしはまず、彩香ちゃんが鹿取さんを通して歩を誘ったのではないかと考えてしまった。

そんな自分が、イヤになる。

「――えるんだ?」

「あっ、ごめん……今なんて言ったの?」

「札幌にはいつ帰るんだと訊いたんだ」

「明日帰る予定だよ」

「日本はもう日付が変わってるだろ。明日というのは、十四日のことか?」

「うん、そう。随分細かいこと気にするんだね。十三日じゃなにかまずいの?」

少し、間があいた。

「いや、別にどうってことはないんだけどな。僕も、十四日に新千歳《しんちとせ》空港に着く予定だったから。それより、もう眠いのか? 機嫌の悪そうな声に聞こえるが」

「ちょっと眠いけど、機嫌が悪いわけじゃない」

そう言ったわたしの声は、少なくともご機嫌な印象は与えないだろうと自分でも思う。

ふとテレビに目を遣ると、ちょうど試合の第一クォーターが終わるところだった。アメフトがバスケと同じく、クォーター制を採用している競技だということは前から知っていた。

わたしの機嫌が悪いと思われたまま会話が終わるのはイヤだなと思い、明るめの声で話題を変えてみる。

「そういえばさ、アメリカは今、アメフトで凄く盛り上がってるんじゃない?」

「なんだよ急に楽しそうに」

「別に楽しいわけじゃないけどね。今、たまたまテレビでパンサーズ対セインツの試合を観てるから、ふと気になったの。それだけだよ」

「アメリカ全体がどういう状態なのかは知らないが、父の知り合いのアメリカ人は全員、もの凄い熱量でポストシーズンの行方について語っていたよ。僕も彼らほどではないが、最近アメフトを観るようになってな。明日、ディビジョナル・プレーオフが二試合あるから本場で観戦するのも悪くないと思うんだが、生憎《あいにく》なことに昼には飛行機に乗らなくてはいけないんだ」

「試合って、そっちでは何時くらいにやるものなの?」

「イーグルス対ファルコンズが十六時《よ》半過ぎで、ペイトリオッツ対タイタンズが二十時《はち》過ぎだ。夜の試合なんて、夕食をとった後ホテルの部屋でゆったり観るのにちょうどいい時間だと思わないか。今日やってくれればいいのに」

「無茶なこと言うなあ」

「そういえば、今真史が観ているパンサーズ対セインツの試合は、僕もこないだ生中継で観たぞ。日本でな」

「そうなんだ。いつやってたの?」

「八日の朝、六時半過ぎに試合開始だった」

「ということは向こうの時間だと……」

「七日の十六時半過ぎだな」

その後、歩はアメリカ旅行のことを少しだけ話してくれた。「いわゆる夢の国に行ってきた」と言われたときは思わず吹きだして、彼の機嫌を損ねてしまったかもしれない。あの歩が人並みにはしゃぎ回る姿が頭に浮かんで、どうしても耐えられなかったのだ。

「東京の……いやあそこは千葉か。それには行ったことあるの?」

「ない」

歩とのやりとりを終えた後も、なんとなくアメフトの試合を観続ける。試合が終わりテレビの右隅に表示されている時刻に目を遣ると、もうほぼ三時半だった。二時間半以上チャンネルを替えなかったのだから、それなりに夢中だったと言える。ちょっと気になってリアルタイムで観た場合の試合時間を調べてみたら、アメリカのプロリーグの試合は大体三時間くらいとのことだ。スポーツ観戦に割《さ》く時間としては、特別長時間というわけではない。

ルールを詳しく知ればより楽しめるだろうけど、さすがにもう寝ることにする。


仙台を発つ日の朝、歩からメッセージが届いた。

「〈北海道牛乳カステラ〉に来られるか？」

カステラは食べ物だ。場所ではない。

さすがにこれだけで全てを察してもらおうとは思っていなかったようで、すぐに続きが送られてきた。『止まっている時計』の件についてわたしに訊きたいことがあり、新千歳空港の施設内にある〈北海道牛乳カステラ〉というお店で会えないかという内容だった。

わたしはともかく、歩はアメリカ帰りだからかなり疲れがたまっているのではないか。なにも今日急いで会うことはないと思うけど、お互い新千歳空港に来るのならそこで訊くのが手っ取り早いと考えたのかもしれない。わざわざ顔を合わせたいというからには、もう歩の中で謎の大部分は解けているのだろう。

歩が今回の謎にここまで熱心なことを不思議に思いつつ、搭乗する便の到着予定時刻を彼に伝えた。わたしか歩のどちらかが長時間待つ必要がありそうなら、会うのは別の日にした方がいい。明日は始業式があるので、わたしは学校に行かなければならないからだ。

でも歩が「僕も大体同じ頃に着く」と送ってきたので、その心配は無用になった。カステラも気になるし、足を運んでみるのもいい。

飛行機を降り立ったとき感じた寒さは、間違いなく北海道のそれだった。真冬なのだから、仙台だって当然寒い。だけど、旅の疲れでぼんやりとした意識が一瞬でクリアになるような冷気に晒《さら》され、今回の旅行先はそれなりに遠い場所だったのだと実感した。

お母さんには「友達と会ってくる」と言っておいたから、歩との待ち合わせ場所には一人で向かう。

到着ロビーから二階へ上り、土産屋が集中し利用客で混雑しているエリアを抜けて、広場のようなところに出た。エスカレーターの脇にある案内図で〈北海道牛乳カステラ〉の場所を確認する。どうやらそこは、三階のスマイル・ロードというところにあるようだ。

目の前にあるエスカレーターで上のフロアに上り、お寿司やカレーやラーメンのお店は空腹に耐えつつ素通りする。夕食はまだ食べていない。お腹空《す》いたなあ……。

目的のお店は〈サーティワンアイスクリーム〉の奥、スマイル・ロードの入口にあった。壁などの仕切りはなく、いくつかある丸テーブルの四人掛け席と、その奥にカウンター席が見える。

歩は左端にある四人掛け席で一人、スマホに視線を落としていた。

声を掛けるために近づく。「ごめん、待った？」と言おうとしたタイミングで偶然、歩はスマホから目を離し顔を上げた。

わたしに気がついた彼は、隣の席に置かれている鞄にスマホをしまう。

彼は再び顔をわたしに向けて、

「食券が必要だぞ」

「わかった、買ってくるね」

テーブルを見ると、空《から》の皿と牛乳瓶があった。

「歩は、もういいの?」

彼ならおかわりするかなと思って訊いてみたけど、「もう食べたから」と首を小さく横に振った。

「券売機は向こうにある」

と歩が斜め後ろに顔を向けたので、わたしはそちらに足を向ける。券売機で食券を買って店員さんに渡し、歩のいるテーブルへ戻る。

彼の正面の席について、

「ねえ、疲れてるんじゃない? 時差ボケもあるだろうし」

「飛行機に乗っている間はほとんど寝ていたから、問題ない」

「凄いね。一日中乗ってたとしても、わたしはあの空間じゃあんまり眠れないと思う」

「そんなことないさ。本当に眠くなったら、瞼《まぶた》は自然と重くなる」

「みんながみんな、環境の変化にそこまで強いわけじゃないと思うけど」

「僕だって、それなりに工夫しているんだ。飛行機に乗る前日はほぼ一睡もしなかった。昼に機内に入ってすぐ寝て、最初に目を覚ましたのは二十時過ぎだった。いや、時差があるから何時だったかというのは面倒くさいんだけどな。サンフランシスコの時間に合わせていた腕時計の時刻が、大体それくらいだったということだ。アメフトの試合が気になって、速報サイトを覗《のぞ》いてみた。さすがにスコアとテキストが更新されるのを三時間近く眺めているのは退屈だから、すぐに二度目の睡眠に入ったが」

わたしだったら、同じ状況で一度目を覚ましてしまったら絶対に眠れないと思う。寝付きがよくなる秘訣があるなら訊いてみたいけど、お母さんを待たせているし、そろそろ『止まっている時計』の話に移った方がいいかな。

そう思ったところで、店員さんが牛乳カステラセットを持ってきてくれた。

「綺麗だねぇ……」

二切れのカステラからは、見ているだけできめ細やかさが伝わってくる。

「僕はこの、美しく切り分けられたカステラの佇《たたず》まいが好きなんだ。どんなに味がよくても、切り方が雑だとがっかりする」

カステラにフォークを入れ、口に運んだ。

ふわふわとした食感でほどよくしっとりしているから、喉に詰まる感じがまったくない。

いるんだろうなあ。

シンプルなお菓子だけに、牛乳や卵の風味がしっかりと感じられる。良い食材を使ってい

「美味しい。ほんのり温かいのもいいね。上品な甘さだから、目の前に一本丸ごとあったとしても食べ切れちゃうかも」

歩は苦笑した。

「そんな量を一度に貪《むさぼ》る様子は、上品ではないな」

「例えばの話でしょ」

笑われる筋合いはない。

彼は去年、喫茶店で半額だったとはいえ、洋梨のタルトを四個も食べている。

食べ始めに少し言葉を交わした後、歩はたくさんの人が行き来する通路を黙って眺めていた。わたしも黙々と、カステラと付け合わせの生クリームを楽しむ。

歩はわたしが食べ終わるとすぐに、口を開いた。

「先日君が訪れた喫茶店にあるという、『止まっている時計』についてだけどな」

「なにか、訊きたいことがあるんでしょ?」

彼は視線をわたしに移した。

「喫茶店の主人は、何歳に見えた?」

「うーん、四十代くらいかな」

歩は「そうか」と言って、何度か頷く。

日向子さんが働く店の休憩室にある、針が止まっている置き時計。

ずっと二時だったのに、最近になって十二時を示すようになったのはなぜか。

「もう、わかったの？」

歩は肩を竦《すく》めた。

「いや、わからない」

歩らしくない返事に驚いてしまい、言葉が出てこない。

「まあ、そんな顔するなよ。又聞きだけで謎解きできるものか」

「先々週は、わたしの話を聞いただけで謎を解いたじゃない」

それだけじゃない。今まで彼は何度も、わたしの持ち込んだ謎に一定の答えを出してくれたではないか。

「ただ、こないだ君から話を聞いたとき、岩瀬京介が言ったという意見が気になった。十二時という時刻は、これから生まれる赤ん坊のことを暗示しているのではという考えだ。零時と言った方が、わかりやすいかな」

「でも結局、もともと二時で止まっていた理由がわからなかったんだよね。とくに意味もなく放置されていた時計に我が子への思いを託すかなって、エナも言ってたし」

「つまり、二時の方に理屈をつければ、栗山英奈は納得するんだな？」

本人がこの場にいない以上それはなんとも言えないけど、二時で止まっていた理由は知りたい。

「零時がこれから生まれてくる新生児を指しているのだとしたら、二時の方も誰かの年齢を指しているのではないかと思った。第一子だというから、喫茶店の主人かその妻のどちらか、もしくは二人のことを指している可能性がある」

「赤ちゃんが零時なのはわかるけど、二時の方は……十四時と考えることもできるけど」

「わかりやすく人生八十年と考えると、主人の年齢と時計の時刻が大体一致するんだ」

なぜそうなるのか。去年の年末、彩香ちゃんから出題されたクイズを解いたときと同じように、なにか計算がかかわってきそうな気はするけど。

「自分の年齢を一日の時刻に置き換え、これまで過ごしてきた時間と残されている時間をモデル化するんだ。別に、僕のアイディアじゃないぞ。結構有名な方法だ。ライフステージを単純に一日の時間で喩《たと》えてしまうのは乱暴だと僕は思うが」

「どうすれば、置き換えられるの？」

歩は鞄からペンケース、上着のポケットからこの店のレシートを取り出した。レシートの裏に、ボールペンでなにやら数式を書き始める。

すぐに書き終えて、わたしに見せてくれた。

＊

A

$24 \div 80 = 0.3$

B

$x \times 0.3 = 14$

$x = 14 \div 0.3$

$x = 46.666\cdots$

＊

「Aの式で、人生八十年のうちの一年は、一日の時間、つまり二十四時間に置き換えると〇・三時間であることがわかる。

では、自分の年齢を一日の時間に置き換えるにはどうすればいい？」

ここまで説明されると、歩の言いたいことが大体わかった。

「年齢を、〇・三で掛ければいいんだね」

暗算が苦手なので少し時間をかけて、

「十四歳は、朝の四時台だね」

部活の朝練があるから早起きする方だけど、その時間はさすがに寝ている。

「その要領で年齢をxとしてBの式を立てれば、十四時が何歳を指しているのか求めることができる」

「なるほど。十四時は大体、四十七歳くらいってことか」

「だから僕は、主人の年齢を訊いたんだ。第一子を授かるにしては、高齢だと思ったからな」

「でも、納得できるような気もする。その年齢だからこそ、時計の針を自分から子どもの年齢に合わせたのかもね」

「まあ、そういう風にも解釈できるというだけだ。まったく別の理由があるのかもしれない」

歩は式の書かれたレシートを綺麗に折り畳んで、彼の手元にある空いたお皿にのせた。

「さて、そろそろ帰るか」

「そうだね、あんまり長くお母さん待たせるわけにもいかないし」

わたしたちは立ち上がり、空いた食器を返却台へ戻した。

席に戻ると歩が、

「荷物は全部、家族に預けてきたのか？」

なぜそんなことを訊くのか。真意はわからないけど、荷物をお母さんに預けてきたのは事実なので、頷く。

「あんまり大荷物なようなら、無理に受け取る必要はないが」

歩は鞄から、紙袋を取り出した。

彼はそれを持った手を、わたしに向ける。

「え、くれるの？」

「面倒だったら、別にいいぞ」

五泊六日の旅行だったから荷物の量はそれなりにあるけど、今目の前にある紙袋一つ持ち帰れないほどではない。

「ありがとう」

わたしは歩から、お土産を受け取った。

「あっ、わたしもお土産があるの」

わたしはポケットから、兜《かぶと》をかぶり眼帯を片目につけた猫のキーホルダーを取り出し、彼に渡した。

「おう、悪いな」

お土産を買っておいて、よかった。

北海道に着いてすぐに渡す機会が生まれ、ここ数日間の迷いはなんだったのかと思わなくもないけど。

歩とはその場で別れて、わたしはお母さんが待つ場所へ向かう。

少し立ち止まって、紙袋の中身を出してみた。箱は一目でスターバックスだとわかるデザインで、開けるとマグカップが入っている。マグカップに描かれているお洒落《しゃれ》な橋は、テレビかなにかで目にしたことのあるサンフランシスコのランドマークだ。たぶん、現地のスタバで購入したのだろう。

家に着く頃にはくたくたに疲れていて、荷解きする元気はなかった。

ベッドに横たわると、すぐに瞼が重くなる。

このままだと、学校へ行く準備もせずに朝まで眠ってしまう。気合いを入れて起き上がり、歩がくれたマグカップを箱から出した。

机の上をちょっと整理して、座ったとき目に入りやすい場所に置いてみる。

なんとなく満足し、わたしは部屋を出て洗面所に向かった。

始業式が終わり、教室は主に冬休みの話題で盛り上がっている。友達の話を聞きながら牛タンの素晴らしさをどう伝えようか考えていると、廊下から声が掛かった。

「真史先輩！」

相変わらず元気だなあと思いつつ、彩香ちゃんのもとへ歩み寄る。

「どうしたの、わざわざ会いに来て」

「用事がないと、来ちゃいけませんか？」

わたしはちゃんと冗談に聞こえるよう笑い交じりで、

「彩香ちゃん、それは面倒くさい」

「本気で面倒くさがりそうな人には、こんなこと言いません」

前から思っていたけど、彩香ちゃんにはとても一年生とは思えないくらいの余裕がある。上級生の教室までやってくるだけでも、普通はかなり緊張するはずなのに。

「でも、用事がないことはないですよ。真史先輩、わたしの本持ってきてますか？」

しまった。始業式の日に返すという約束をすっかり忘れていた。

「ごめん、家に置いてきちゃった……。彩香ちゃん、今日は部活ある？」

彼女は「ありませんよ」と首を横に振った。

「じゃあ、今日彩香ちゃんの家に行ってもいい？　わたしも今日は部活ないから。仙台のお土産も渡したいし」

「もちろん、大歓迎です！　そうだ、今度こそ一緒にドラクエやりましょうよ。こないだ鳥飼さんが来たときは、ギャンブルばっかりでちっとも冒険が進まなかったので。でも、楽しかったなあ。もし真史先輩に予定がなければ、あの日は四人で遊べたのに。それがちょっと残念です」

「ずっと、ゲームしてたの？」

「ええ、そうですよ。外寒いですし」

なんだか、よその家でただ遊ぶだけの歩を想像するのは難しかった。そういう年相応な、わたしの知らない一面もあるということか。

当たり前かもしれないけど、友人と遊ぶとき彼は探偵ではない。解くべき謎なんてなくても、テレビゲームで楽しく盛り上がる。

「鳥飼さんから、東京のお土産も貰ったんです。お菓子だったので、真史先輩にもお裾分《すそわ》けしますね。あっ、もしかして既に鳥飼さんに会って、貰ってますか？」

彩香ちゃんの言う通り、歩とは昨日会ったし、お土産も貰っている。

でも、わたしの頭の中は違和感でいっぱいになる。

「どうかしましたか？」

「ああ、ごめん。なんでもない」

「わたし、そろそろ自分の教室に戻りますね。ホームルーム始まっちゃうんで」

「うん、またあとでね」

小走りで去っていく彩香ちゃんを見送り、わたしも教室に戻る。

東京土産と、わたしが貰ったサンフランシスコ土産を比べて、なにも感じないと言えば嘘になる。悪くはない気分だ。

だけどそんなちっぽけな優越感はすぐにどこかへ消えて、頭の中の大半がある大きな疑問に支配された。

ホームルームの間、先生の話を聞き流して考える。

歩は冬休み期間中、どのように過ごしていたのだろう。

主に先週の出来事を整理しようとしたけど結構ややこしく、学校が終わっても答えは出なかった。


放課後は彩香ちゃんとの約束を果たし、お土産の件から生まれた疑問は自宅に持ち帰った。夜に自分の部屋のベッドに寝転んで、再び考えてみる。

六日前、わたしが札幌を発った九日の火曜日。歩は彩香ちゃんたちとテレビゲームをして遊び、東京土産を渡している。その日彼は、日本にいたということだ。

その三日後、いや日付は変わっていたから四日後の十三日。深夜に彼から電話があった。そんな時間に連絡してくるのが不思議だったけど、彼は旅行でサンフランシスコを訪れていて、現地は朝だったとのこと。

彼は翌日の昼に飛行機に乗り、新千歳空港にはわたしと同じく十四日に到着した。

歩が十日に日本を発ち、現地時間十三日にアメリカから出国したとすると、旅行の日程は三泊五日。なんとなく、歩の家ならもっと長期の日程を組むような気がした。彼は、始業式の日に合わせて帰国する必要のない人だから。でもご両親の仕事の都合もあるだろう。スマホで調べてみるとサンフランシスコ旅行五日間というプランは簡単に見つかったし、別におかしな日程というわけではない。

わたしが今知っている情報が全て事実だとすると、歩は東京から帰ってきてそれほど間を開けずに、サンフランシスコへ旅立ったことになる。わたしからすれば考えにくい日程だけど、鳥飼家にとっては普通なのだろうか。東京へ行ったのは旅行ではなく、突発的に発生した急用によるものだった可能性もある。

彩香ちゃんたちには東京土産で、わたしにサンフランシスコ土産をくれたのはただの偶然――。

でも、まだなにか引っかかる。

歩の言っていたことは、どこか不自然ではなかったか。まだ自分でもはっきり認識できないくらい、小さな違和感が残っている。

日付が変わる直前まで考え続けたけど、違和感の正体はわからなかった。だけど翌朝起きると、お土産の件は偶然だったということで納得できていたから不思議だ。

四六時中、頭を悩ませるような問題ではない。

そういう風に思えるのは、一晩経って冷静になったからだろう。

学校に行く準備を整え玄関の扉を開けた瞬間、早朝の突き刺すような冷気に全身を晒された。今年一番の厳しさのように感じられるのは、ほぼ一週間仙台にいたせいかもしれない。

「もうほとんど外国だよ……」

海外に行ったことはないけど。

もし海外旅行するならどこに行きたいかなんて、どうでもいいことを考えながら外に出る。

だけど、なんの当てもない旅行プランづくりはすぐに打ち切られた。

玄関の扉を閉じたとき、閃《ひらめ》いたからだ。

寒さで頭が冴えたからか。それとも、偶然だと納得しつつも燻《くすぶ》り続けるなにかがあったのか、自分でもよくわからない。

とにかく、学校が終わったら調べてみよう。

もしわたしの予想が当たっていれば、歩は嘘をついていることになる。

わたしは彼から、スタバのマグカップを貰っている。この結果だけを考えれば、わたしは別に損はしていない。

だけどできれば、嘘をついてまで謎解きの機会をつくるのではなく、ごく普通にお土産を渡して欲しかった。今まで散々謎解きをお願いしてきたわたしがこんな風に思うのは、わがままだろうか。


歩の発言の矛盾に気がついてから一週間が経ってようやく、彼に連絡してみる気になった。どんなメッセージを送ろうかとかなり迷ったけど、腹の探り合いをしてもしょうがない。お土産のお礼をしつつ「そういえばちょっと質問したいことがあるんだけど」と、ほぼ直球勝負な内容の文章を送信した。はぐらかされたり、拒否されたりすればそれまでだ。だけど彼は「暇なとき家に来い」と返してきた。


週末土曜日のお昼過ぎ、わたしは今、歩の家でカステラを食べている。近所のスーパーで買ったものらしいけど、これはこれで美味しい。

ダイニングテーブルを挟んで正面にいる歩は、とくに変わった様子もなく黙々とカステラを口に運び、紅茶を飲んでいる。

お互い無言の時間が、十分ほど続いた。

「話があるんだろう?」

雑談をする気はないらしい。わたしも、どう切り出そうか考えていたのでちょうどよかった。

「はっきりとした証拠があるわけじゃないんだけど……。歩はわたしと空港で会った日に、サンフランシスコから帰ってきたわけじゃないと思う」

彼は表情を崩さない。

「僕がアメリカに行ったのは嘘だと、君は思っているのか？」

「そこまでは思ってないよ」

なるべく冷静でいられるように、落ち着いた口調を心がける。

「そんな嘘は、あまりにも無茶だよ。日本にいなかったことをわたしに印象づけたから、どうだっていうの？」

「アリバイ工作」

「そういうのよくわからないけど、新千歳空港で顔を合わせただけのわたしが『歩はサンフランシスコにいました』と言ったところで、意味ないと思う」

歩なりの冗談だったのか。彼の口元が少し緩んだ。

「僕はアメリカの、サンフランシスコを旅行したぞ。君への土産は、現地で買った」

それは、彼の言う通りだろう。

でもわたしは、歩がお土産をどこで買ったかを気にしているのではない。

「普通に渡して欲しかった」

歩の表情から、笑みが消える。

つい、言わないでおこうと思っていたことを言ってしまった。

こうなったらもう、全部言う。

「今まで謎解きを頼んできたのはわたしだから、こんなこと言う資格ないかもしれないけど……わたしたちもっと、友達らしい理由で会うことがあってもいいじゃない」

歩は黙っている。

どうやら今日も、謎解きが必要なようだ。

いつもと違うのは、探偵役はわたしだということ。

「なんとなくは知っていたけど、時差についてちゃんと調べてみたの。日本は、西海岸側にあるサンフランシスコより十七時間進んでる。アメリカ国内にも時差があるから、日本と東海岸にあるニューヨークやワシントンとの時差は十四時間。つまり東海岸側の州は、西海岸側の州より三時間進んでることになる。

アメフトの試合開始時刻についても調べてみた。歩はこないだの深夜の通話で、翌日に行われるディビジョナル・プレーオフ二試合の開始時刻を、現地時間で教えてくれたよね」

「僕が帰国する日に行われた試合のことだな」

わたしは頷いて、

「イーグルス対ファルコンズが十六《よ》時半過ぎで、ペイトリオッツ対タイタンズが二十《はち》時過ぎって言ってた。でもネットで調べてみたら、二試合とも試合が行われた東海岸側の州が属する東部時間の開始時刻だったよ」

歩はあの日、わたしが録画中継で観ていた試合を日本で生中継で観た。時間は八日の六時半過ぎ、向こうの時間だと七日の十六時半過ぎから行われたと言った。時差は十四時間になるから、彼が教えてくれたのは、東部時間の開始時刻。でも、試合が行われたのはニューオーリンズのメルセデス・ベンツ・スーパードームだから、中部時間で時差は十五時間。現地の開始時刻は、十五時半過ぎだ。

それに気がついて、サンフランシスコにいたという歩が教えてくれた、ディビジョナル・プレーオフ二試合の開始時刻を調べる気になったのだ。

歩は息をついた。微《かす》かに笑みを浮かべているようにも見える。

わたしの言いたいことは、歩ならもうわかっているはずだ。

だけど、彼が口を開く気配はない。最後まで説明しろということだろうか。

最初からそのつもりでここに来たから、別に問題はない。

わたしはティーカップに手を伸ばし、三分の一くらい残っていた紅茶を飲み干した。

「十三日の一時過ぎに、電話が来たときは驚いたよ。時間が時間だから、よっぽど緊急の用事でもあるのかと思った。当然こっちは、どうしたのこんな夜中にって訊くよね。歩は、『こっちは朝だから』って答えた。このときのサンフランシスコの時間は朝の八時くらいだよね」

急な用もないのに朝に通話しようとするのはおかしいけど、歩は変わった人だからということでそのときは納得していた。

「だけどアメフトの話題になったとき、歩はサンフランシスコにいるはずなのに、翌日にある試合の開始時刻を東部時間で答えた。これってちょっと変だと思う」

サンフランシスコの属する太平洋時間では、二試合の開始時刻はそれぞれ十三時半過ぎと十七時過ぎとなるはずだ。

「翌日僕は帰国する予定で、アメフトの試合などじっくり観られるわけがなかった。現地の正確な開始時刻を把握していなかったことを、あまり責めないで欲しいな」

たしかに、なんとなく日本語のサイトで調べた時刻をそのままわたしに伝えた可能性もある。歩だって完璧な人間ではないのだから、不正確な情報を伝えてしまうことだってあるだろう。

わたしは、こんな風に指摘されることを予想していた。今まで何度も、彼に謎を解いてもらってきたのだ。

「もっと、おかしいことがあるの。歩は飛行機に乗るとすぐに寝て、二十時過ぎに目を覚ました。時刻は、サンフランシスコに合わせた腕時計で確認したと言ってたよね？」

歩が頷いたので、続ける。

「ペイトリオッツとタイタンズの試合が始まる頃だったから、速報サイトを覗いた。でも、すぐに二度寝した。

スコアの経過を三時間近く眺めるのは退屈だからという理由で」

歩は視線を手元の空いている食器へ移した。眉根《まゆね》は寄っているけど、口角は上がっている。

彼は降参したのだと、勝手に解釈する。

「ペイトリオッツ対タイタンズの試合は、太平洋時間だと開始時刻は十七時過ぎ。歩が目を覚ました二十時には試合が終わってるか、続いてたとしても最終盤のはずだよ。『三時間近く眺めるのは退屈』だなんて、いかにも試合が始まったばかりのような発言は矛盾してる」

これで言いたいことは、大体全部言った。

「たしかに空港で君に会ったとき、僕ははっきりそう言った」

歩は天井を見上げて、

「勘違いだったというのは、無理があるかな」

と一人言のように呟《つぶや》く。

彼は視線をわたしに向けて、

「君の考えている通りだ。

あの日、僕は自宅から新千歳空港へ向かった。

嘘をついて、すまない」

わたしは、空のティーカップに視線を移す。

「あのね、誤解しないで欲しいんだけど、わたしは歩に謝ってもらうために、謎解きの真似事をしたんじゃないの。お土産を貰えたのは、嬉しかったから」

「その、土産のことで迷いが生じた。今までは土産を渡す相手なんていなかったんだが、最近になって事情が変わった。鹿取兄妹と君には、なにか用意してもいい気がしたんだ。

土産を用意するとしたら全員に渡すべきと思い、鹿取兄妹の分は……彼らの家の店で洋菓子を買うついでに渡してしまえばいいと、そう考えたんだが……」

なんだか、歯切れが悪い。こんな歩を見るのは初めてだ。

「君には、どう渡せばいいのか。またなにか謎を持ち込んできたタイミングで渡せば済むのだが、それはいつになるかわからないだろ。昨年の九月から君と顔を合わせる機会がそれなりにあったのは、偶然君の周りで謎が生まれていたからだ。それは、今後の機会を保証するものではない」

わたしも、仙台旅行のお土産をどう渡せばいいか悩んでいた。だからこそ『止まっている時計』の謎を持ち出して、ごく自然に顔を合わせる機会が生まれることを期待したのだ。

わたしだって、素直に「お土産を渡したいから会おう」とは言えなかった――。

「本当は六日にタリーズで君と会ったときに、土産を渡そうと思っていたんだ。だが、あの日は凄く混んでいただろ。人目が気になったのと、謎解きに集中するうちになんとなく機会を逸してしまってな。こう言っては悪いが、土産を渡すのはやめることにした。結局はそれが一番、僕にとっては楽だから。

だが、都合よくと言っていいものか、八日の夜に君から新たな謎を持ちかけられ、その日のうちに鹿取からテレビゲームをやらないかと誘われた。こうなったら三人に土産を渡すのも悪くないと、考えを改めたんだ。

羽田《はねだ》空港で自分用に買った菓子を彼らに譲ったのだから、こう見えてなかなか優しいだろ?」

わたしは思わず笑ってしまい、

「そうだね。ちょっと信じられないくらい」

「そんな言い方はないんじゃないか」

歩は右の掌《てのひら》を口元に当てかけて、止めた。

「鹿取の妹から君が仙台に旅行していると聞いて、空港で渡すことを思いついた。だが、君から持ちかけられた謎は解けておらず、十三日の一時過ぎに君から直接話を聞いても真相はわからなかった。もし真相に近いと確信できるような答えを出せていたら、嘘をついてまで空港で会おうなんて提案はしなかっただろう」

わたしは首を捻る。

「それは、どうして？」

「謎解きが不完全な状態で君を呼び出すことに、躊躇《ためら》いを感じてしまったんだ。僕が君と同じ時間に空港にいるという偶然を装いその場で顔を合わせれば、『わからなかった』と言う心理的負担をいくらか軽減することができる」

なんと言えばいいのか、すぐには思いつかなかった。歩もなにも言わないので、お互い無言の時間が生まれる。

時間の流れが、遅くなったように感じた。

わたしは場を明るくするつもりで、

「随分面倒くさいこと考えてたんだね」

彼は少しだけ、頬を緩めた。

「あっ、そうだ。アメフト詳しいなら教えてよ。十ヤード進むために四回の攻撃権があるのに、三回目の攻撃が終わった後キックで攻撃権を相手に渡しちゃうことがある理由をまず知りたいかな」

なんだかんだ雑談していたら、いつの間にか外は暗くなっていた。

歩の家を出て、円山公園《まるやまこうえん》駅を目指す。街より明かりが少なく、ほとんど山の中を歩いているようなものなのでちょっと怖い。

相変わらずの寒さに思わず顎《あご》を引き、肩を縮こまらせる。滑って転ばないよう気をつけつつ、わたしは未だにお土産の件について考えている。

歩は十三日の一時過ぎに電話してきたけど、普段のわたしなら寝ている時間だ。もしわたしが着信に気がつかなかったら、どうするつもりだったのだろう。もちろん普通に考えれば、時間を改めて電話するまでのことだ。例えば日本が十二時のときサンフランシスコは十九時だから、そのくらいの時間帯がちょうどいいと思う。

というかむしろ最初から、その時間帯に電話をするべきだったのではないか。でもそれだとわたしはなんの疑問も抱かないだろうから、サンフランシスコの話題は歩が自ら切り出さなければならなくなる。彼からすれば、結構恥ずかしいことなのかもしれない。

いや、他にも可能性はある。

歩はわたしに違和感を抱かせることを目的として、非常識な時間帯を選んだという気がしてきた。彼はアメフトの試合の開始時刻について、らしくもない簡単なミスを二度も犯している。まるでわたしにわざと、謎解きのヒントを与えたかのような……。

だけどあの日、アメフトの話題を出したのはわたしの方だった。わたしに謎解きさせるため事前に練られた計画とは考えにくい。もしかして、通話中に思いついたのだろうか。

そうだとしても、歩のことだからとくに驚きはない。

「いや、わたしに謎解きさせて歩になんの得があるの？」

白い息とともに、一人言を吐き出した。

もう一つ、気になることがある。

歩は鹿取さんや彩香ちゃんに、『羽田空港で自分用に買った菓子』を渡したという。わたしにくれたマグカップも、本来は自宅用だったのだろうか。

思えば六日に柳先生の件で会ったとき、歩の様子は明らかにおかしかった。あの時点で歩はサンフランシスコ旅行を終えていて、わたしへのお土産を持っていたと言った。しばらく目を合わせてくれなかったのは、それを渡すかどうか悩んでいたから。その日に渡すことができなかったことが原因になって、今回の件に繋《つな》がった――。

不意に冷静になり、思わず笑ってしまった。誰かに見られていたら、気味悪がられるかもしれない。

足早に坂道を下り、円山公園駅へと急ぐ。

寒いし、お腹が空いた。

駅の出入り口の階段を駆け下りて、改札の電光掲示板に目を遣る。宮《みや》の沢《さわ》方面は、ちょうど発車したところだった。

今日は運がない。五分くらい待てば次のが来るけど。

ホームに降りて、乗車位置に並ぶ。

ふと思い立って、わたしはコートのポケットからスマホを取り出し、メッセージを打ち込む。

[実は総士くんのお姉さんに、『止まっている時計』の真相がわかったから今度教えてあげると言われていてね]

実際に話を聞けば、歩が言っていた通り、真相は彼の推論とは違う可能性もある。

去年から歩は、わたしが持ち込んだいくつかの謎を見事に解いてくれた。だけど、いつでもそう上手くいくわけがないのだ。今まで、そんな当たり前のことに気がつけていなかった。今回の件がなければ、わたしはいつまで経っても『依頼人』のままだったかもしれない。

[今度の土曜日にお姉さんに会って教えて貰えるんだけど、わかったら知りたい？]

返事はすぐに返ってきた。

[面白ければ]

思わず脱力してしまい、スマホを落としかける。

相変わらず、素直じゃないなあ。

あとがき

　私は当初、小説家ではなく漫画の原作者を目指していた。担当編集者がつき、読切り漫画を発表したこともある。その頃編集者に、『荒木飛呂彦《あらきひろひこ》の漫画術』という本を薦められた。『ジョジョの奇妙な冒険』で有名な荒木先生による、漫画の書き方の指南書である。早速入手して読み進めると、非常に興味を惹《ひ》かれる解説があった。荒木先生はキャラクターをつくるときには必ず、身上調査書を書くという。通常の履歴書に書くような内容に加え、人物の内面に深く関わるとても細かな情報を考えることが要求されるものであった。埋めるべき項目は約六十もあり、物語の登場人物全員の調査書を作成するのはとてつもない労力が必要だ。五十ページにも満たない読切り漫画のキャラ作りのために、そこまではできなかった。しかしいずれ、読切りではなく連載を見据えた作品をつくるときが来たら、気合いを入れて身上調査書を作成しようと心に決めていた。少しずつ細かい情報を出してキャラを掘り下げ、読者にリアリティを感じてもらうために。

　それから数年後、漫画ではなく小説を書いて新人賞に応募しようと決めたとき、私は身上調査書のフォーマットを作成した。荒木先生が著書で紹介しているものとは内容が少々異なるが、人物を掘り下げるため自分なりに考えた項目を全て埋められれば、それが私の作品の個性になると考えたのだ。張り切って架空の人物の個人情報を考え始めたものの、想像以上に筆は進まず、いつまで経っても空白は埋まらない。海砂《うみすな》真史《まふみ》と鳥飼《とりかい》歩《あゆむ》は頭の中になんとなく存在していた人物だったのだが、人物設定をしっかり固めるのは困難だった。自分の引き出しの少なさにも気づかされる。好きな音楽、映画、有名人など……私の少ない知識で多数の人物の設定をつくろうにも、すぐ手詰まりになってしまう。

私は早々に、身上調査書をきちんと書き上げることを諦《あきら》めた。項目の七割程度を埋めて、人物の雰囲気をなんとなく摑めたら執筆を開始する――そのためストーリーの進行に伴って追加される設定が多く、最初に作成した身上調査書を見る頻度は徐々に低くなっていた。

今改めて真史たちの身上調査書を見直すと、結構面白い。しっかり考えて、物語に反映されている設定ももちろんある。しかし、空欄をただ埋めただけのテキトーな設定は、執筆を進めているうちに、なかったことになっていく。真史の身上調査書には「生卵がきらい」とあったが、そんなことはすっかり忘れていた。今のところ物語には反映されていないが、今後どうなるかはまったくわからない。

前作である『探偵は教室にいない』は第二十八回鮎川哲也賞に投稿したもので、受賞しなければ皆様の目に触れることのない作品だった。そのため、続編の構想などまったくなかったが、ありがたいことに賞をいただき、作品を読者の皆様に届けることができた。さらに幸運なことに、続編である『探偵は友人ではない』を、こうして皆様のお目にかけることもできた。ただ本作を書くにあたって、かなり苦労したことがある。身上調査書がしっかりしたものではなかったので、その中から次の物語に繋《つな》がるヒントを見出すことができなかったのである。

どんな物語をつくるかすぐには浮かばなかったが、真史と歩の関係を少し変えたいという思いは漠然とあった。二人の微妙な感情は事前に調査するのが難しいので、前作で出来上がったものを土台にしてストーリーを進め、まずは私が二人からこっそり教えてもらうしかない。今後もそのような形で、話をつくっていこうと考えている。そのうち真史に、「わたし生卵平気だけど」なんて言われたら、どうしようかな。

本書は二〇二〇年、小社より刊行された作品の文庫化です。

検印
廃止

著者紹介　1986年北海道生まれ。北海道在住。北海学園大学卒。漫画原作者として活躍したのち、2018年に第28回鮎川哲也賞を受賞、受賞作を改題した『探偵は教室にいない』でデビュー。ささやかな日常の謎を通して、少年少女の心の機微を瑞瑞しく描き、好評を博した。

探偵は友人ではない

2022年9月16日　初版

著　者　川《かわ》　澄《すみ》　浩《こう》　平《へい》

発行所　(株)東京創元社
代表者　渋谷健太郎

162-0814/東京都新宿区新小川町1-5
電　話　03・3268・8231-営業部
03・3268・8204-編集部
URL　http://www.tsogen.co.jp
フォレスト・本間製本

乱丁・落丁本は、ご面倒ですが小社までご送付ください。送料小社負担にてお取替えいたします。

ISBN978-4-488-44922-3　C0193